おしゃれと無縁に生きる

村上龍

幻冬舎

おしゃれと無縁に生きる

目次

おしゃれと無縁に生きる

男性雑誌で、ファッションに関する記事は非常に多い。たいていは広告を兼ねたカタログ的なものだが、ビジネス誌などで、「エグゼクティブ、オフの日のファッションは？」「できる営業マンのスーツの選び方」「男四十代、二十代女性とのデートのときに何を着る？」みたいな「講座」のようなエッセイも多い。

わたしは、勤め人の経験がなく、仕事上オンとオフがないので、何を着ればいいのだろうと思い悩むことがなかった。ただし、何を着ればいいのかわかっていたというわけではなく、単に無頓着だっただけだ。だが、一九九八年に中田英寿がペルージャというチームに移籍してから、イタリアに行くことが増え、いつしか、男はシャツを着ればいいのだということに気づいた。どうやって気づいたかというと、意外性ゼロで申しわけないが、周囲のイタリア人の男を漫然と眺めるうちに、例外なく、全員がシャツを着ていることに気づいたのだった。

タクシー運転手のおじさんから、ブティックの店員、高級レストランで食事をしているエリートビジネスマン、企業家、政治家に至るまで、とにかく全員シャツを着ていた。しかも、ブルー系のシャツばかりだった。濃淡は別にして、青の無地のシャツ、青のストライプ、チェック、とバリエーションはあるが、とにかくブルー系だった。イタリア人の友人に聞くと、またしてもシンプルで、「ネクタイが合わせやすく、白だとフォーマルすぎてつまらないから」と、素っ気なかった。よく、ファッション評論家みたいな人が、「イタリア人のおしゃれ」として、赤いパンツやピンクのシャツを紹介したりしているが、あれは、嘘だ。イタリア男ほど、ファッションに関して保守的な人々はいない。

ところで、わたしの周囲の、著名な文化人とか、仕事ができるメディア関係者の中には、「おしゃれ」な男がいない。わたしも自分がおしゃれだと思ったことは一度もない。その理由はまた簡単で、充実した仕事をしていて、当然のことながら忙しく、ファッションに気をつかうような時間的余裕がないからだ。みんな、経済力に応じた「ごく普通の格好」をしている。凝ったものは着ていない。他人や、女性から、「おしゃれですね」などと言われたいと思う男はいない。普通でも充分に人気があるので、そんな努力は不要なのだ。

以前、『地獄の黙示録』を撮り終わったばかりのF・コッポラと対談したとき、彼の靴下に穴が開いているのをスタッフが見つけた。「映画で使ってしまって金がないんでしょうか」と怪訝《けげん》そうだったが、コッポラはすでにナパで自分の名を冠したワインを作っていた。当時、とんでもない金持ちだった。仕事ができる男は、特権的に、「おしゃれ」とは無縁に生きることができるという「隠された真実」の、見事な証《あかし》だった。

贈り物の効用

日本には盆暮れに贈り物をするという習慣がある。西欧も、クリスマスなどにプレゼントを交換する。心温まる習慣だが、当然のこととして、贈答は、知り合いや友人や家族間で行われる。見ず知らずの人物からの、あるいは送り主が不明のプレゼントはあまりうれしくない。中身がわからない場合はなおさらだ。封を解くのがためらわれることもある。以前、ホテル滞在中に、送り主不明のプレゼントが届いたことがある。透明なビニールにラップされたドラえもんのぬいぐるみだった。お腹のポケットを探るようにという但し書きがあった。テロリストが爆弾をぬいぐるみに埋め込んで敵に送りつけるという映画があったのを思い出して、わたしは緊張した。

同行していた友人に協力してもらい、枕を重ねてぬいぐるみを覆って爆破の威力を抑えようとした。だが、「本当に爆弾だったら枕じゃ防御できないですよ」と言われて、確かにその通りだと、覚悟を決めてラップを解きポケットを探ると、突然かなりの音量で「お誕生日おめでとう」とドラえもんが声を発し、わたしはびっくりして倒れそうになった。ある女友だちが、驚かそうと、匿名で誕生日のプレゼントを送ってきたのだった。

誰か大切な人、大切なビジネスの相手に、どういったものを贈れば喜んでもらえるのか、予算はどのくらいが適当なのか、そんな疑問に正解などない。有名ブランドが好きな人もいるし、和菓子には目がないという人もいて、そもそもお金がない人は高価なプレゼントなどできない。そして決定的なのは、名前も顔も思い出せないような人からのプレゼントはうっとうしいだけだし、快く思っていない人からのプレゼントはまったくうれしくないということだ。

ひどく貧しくて食べるものにも事欠くような人は、見ず知らずの人からコンビーフの詰め合わせが贈られてきてもきっとうれしいだろう。だが実際にはそんな人のところにはほとんどプレゼントなど届かない。大好きで、大切にしたい人からだったら、どんなにつまらないものが届いても大事にしようと思う。だが、そういう人は、わたしの好みをよく知っているので、つまらないものは選ばない。

ドラえもんのぬいぐるみを贈ってきた女友だちとはそのあと疎遠になった。彼女はわたしが面白がって喜ぶと思っていたようだ。爆弾だという疑いを持つとは思っていなかったらしい。勝手な思い込みでプレゼントを選ぶと、長年の友人を失うこともある。

クールジャパンと偏愛

日本のポップカルチャー、サブカルチャーが、「クールジャパン」という総称で国際的な人気となっている、とよく聞く。漫画やアニメ、TVゲームだけではなく、デザインやファッション、それに武道や料理、生け花や茶道や盆栽までが、世界中で高く評価されているということらしい。政府はその人気に注目し、経済の活性化のために、日本の文化産業の海外進出と人材育成を促進しているのだそうだ。しかしわたしは「クールジャパン」が、本当にどのくらい人気があるのか、よく知らない。また実際にどれだけの外貨を稼いでいるのかもわからない。

そして、政府は本当に文化を支援できるのだろうかという根本的な疑問がある。政府支援とは、おもに「製作に出資する」ということだろうが、基準はどうやって決めるのだろうか。どの作品にいくら出資するか、誰が決めるのだろうか。製作費が高額なのは映画だが、セックスや暴力がテーマの作品に政府が出資するわけにはいかない。テーマが人類愛で、日本の文化と歴史を肯定的に紹介できるモチーフで、かつ国際的に高い評価を集めている脚本家や監督や俳優を使うという条件だったら、政府は出資しやすいかも知れない。

現在国際的にもっとも成功している日本の映画作家は、たぶん宮崎駿《はやお》だ。だが大ヒット作を作り続ける宮崎駿は政府の出資を必要としないだろう。逆に、製作者の多大な熱意に反して資金不足でクランクインできない映画は山ほどある。わたしの『半島を出よ』もその一つだ。いくつかの製作会社が映画化を目指したが、準備段階で破綻した。だが、日本政府が『半島を出よ』に出資したがるとはとうてい思えない。

サブカルチャー、ポップカルチャーに限らず、あらゆる文化をプロデュースするとき、資金に加えて、その作品への「偏愛」が必要になる。作品への偏愛は、紙の出版物や電子書籍でも、企画を具体化し、プロデュースする原動力となる。うまく説明できないけれどとにかくこの作品を世に送り出したい、この作品を商品として完成させるためにはあらゆる努力を払う、そういったプロデューサーの「異様な情熱」が、映画や音楽や出版の市場を切り開き、大ヒット商品を作り出し、結果的に大きな経済効果を生み出してきた。

政府は絶対に文化的創造を主導できない。政治の原資は税金なので、偏愛とは無縁だ。偏愛は、欠落と過剰の隙間に発生する。この世界にも自分にも大切な何かが決定的に不足しているという誇大妄想的な思いと、その欠落感を埋めようとする果てしなく過剰な思いを交錯させながら、プロデューサーは市場に挑戦する。

最近、日本の文化市場から、偏愛が消えつつあるように感じる。あらゆる文化がルーティンワークと化している気がする。欠落も過剰も、社会から消えつつある。それは基本的に良いことだが、文化は鋭さを失い、しだいに平板なものになっていく。

韓流ドラマと復讐

K-POPには興味がないが、韓流の映画やドラマはよく見る。最初に感心した韓国映画はカン・ジェギュ監督の『シュリ』だった。ハン・ソッキュ、ソン・ガンホ、チェ・ミンシク、キム・ユンジンなど、今をときめくスターがそろって出演していた。『シュリ』が話題になっていたころ、わたしは『半島を出よ』という書き下ろしを準備していて、韓国・朝鮮の文化や民族的なメンタリティを示していると思われる映画は全部見ることにしていた。朝鮮戦争をテーマにした映画はとくに重要だった。有名なのはカン・ジェギュの『ブラザーフッド』だが、巨匠イム・グォンテクの

『太白山脈』も非常に参考になった映画だ。

『ブラザーフッド』を撮り終えたばかりのカン・ジェギュ監督と日本でお茶を飲んだことがある。わたしはちょうど『半島を出よ』の執筆中だったので、映画『シュリ』の冒頭の、北朝鮮コマンドの訓練キャンプについて、どのような取材をしたのかと聞いた。「実際に北朝鮮に行くことはできないので、脱北者に聞いたりして、想像で撮った」とカン・ジェギュは笑いながら答えた。わたしも、北朝鮮の特殊戦部隊の訓練については、インタビューした脱北者からの情報しか持っていなかったので、そうか、想像して書けばいいんだなと妙に納得した記憶がある。

韓流のTVドラマは日本では中高年女性を中心に根強い多くのファンがいる。韓流ドラマの根本にあるのは「恨《ハン》」という、民族、文化的な複雑な感情、あるいは思考様式である。単純化すれば、「復讐と精神的浄化」ということになる。ほとんどの韓流ドラマは「復讐」の要素を含んでいるが、中でも姉妹の愛憎劇が強烈だ。キム・ハヌル主演の『秘密』、キム・ジスとイ・ハナの『太陽の女』、それにホン・ウニの『揺れないで』、これらは姉妹の愛憎劇三部作と言われているらしい。『揺れないで』のヒロイン、イ・スヒョンは、これまで見てきた中でもっとも凄《すさ》まじいキャラクターだった。嘘をつきまくり、悪いことは全部他人のせいにして反省も後悔もしない。精神医学的には「病気」で、実際にこんな女がいたら、本人はもちろん、周囲の人生も破滅するだろうが、ドラマなので楽しめる。

基本に復讐がある韓流ドラマの登場人物は、女性により顕著だが、相手に面と向かって、言いたいことだけではなく、言わなくてもいいことまで、全部言う。それは「言わぬが花」に代表される日本人のメンタリティとのもっとも大きな違いだ。彼女たちは、誰か他人に相談して問題をシェアしようとせず自分一人で抱え込み、いつしか爆発させて、たとえば不倫相手の実家だけではなく、その親や親類のところに押しかけていって秘密を全部ぶちまけ、極端な場合には髪をつかんで殴り合ったりする。現実なら当事者は地獄だが、傍《はた》で見ている分にはこれほど面白いドラマ展開はない。

「おいしい」ワイン

カーブドッチというワイナリーが新潟にある。経営者はドイツでワイン作りを学んだ落《おち》希一郎という人物で、わたしがインタビュアーをつとめる「カンブリア宮殿」に出演していただいた。それまでわたしはカーブドッチを知らなかった。落氏は、生産したワインをワイナリーのある地元新潟だけで販売したいという基本ポリシーの持ち主で、東京で入手するのは極めてむずかしいのだ。収録中、二〇〇八年のカベルネ・ソーヴィニヨンを試飲したのだが、非常に質が高く、国産ワインの常識をはるかに超えていた。ブラインドテストをしたら、誰も国産だとわからないだろう。

「ボルドーともブルゴーニュとも違うし、ナパとも違う、しかも陰影があり洗練されている」というような評価をしたのだが、収録後、担当ディレクターに「陰影とか、わかりづらい表現をしないで、『おいしい！』と素直に言ってくれればよかったのに」と言われてしまった。陰影があるというのは最高の賛辞だが、わかりにくかったらしい。ワインのすばらしさを表現するのはむずかしい。わたしは個人的に、「おいしい」とか「飲みやすい」という言葉を使うことに違和感がある。たとえばロマネ・コンティに、「おいしい」という形容詞は果たしてふさわしいだろうか。シャトー・マルゴーとシャトー・ムートンはどちらが「おいしい」のだろうか。「おいしい」が間違っているというわけではなく、ワインの複雑な香りと味に対応するには単純すぎるし、曖昧すぎる。

以前、サッカーの中田英寿がパルマに所属していたころ、現地のレストランでローカルワインを注文したら、信じられないほど上質のワインが届けられた。ツーリストだと思ってぼられたのだろうかと疑うくらい、香り高く、文句のつけようのないすばらしい赤ワインだった。ボトルのラベルを記念に持ち帰りたいと言うとソムリエから変な顔をされた。そして、請求書を見てわたしはびっくりした。そのローカルワインは日本円にして約一二〇〇円という安さだったのだ。

現地で飲むローカルワインは、「おいしい」という形容詞では表現できない。また「飲みやすい」わけでもない。飲みやすさということなら、もっともスムーズに喉を通っていくのは、ロマネ・コンティ、シャトー・ペトリュス、ル・パンといった特別なワインだろう。あれ？　今のは何だったんだ？　という喪失感に似た思いとともに、まるで一瞬その姿を垣間《かいま》見ることができた絶世の美女のように、オーソドックスの極みともいえる恐るべき普遍性を示したあと、あっという間に印象が消える。

経済力のある特別なワイン好き以外、地元に誠実なワイナリーがあれば、他においしいワインや飲みやすいワインを探す必要はない。新潟の人々には幸運なことに「まったく移動していない」地元のワインがある。カーブドッチの周辺には複数のワイナリーができつつあり、東洋のナパになる可能性もある。日本は全体的には衰退しつつあるが、やりようによっては真の意味で豊かになっていくのだと、そう思わせる人々と地域が、数は少ないが確実に存在する。

新年にあたって

わたしは、新年は祝うが、人生の区切りという実感はない。わたしの人生の区切りは、そのときに書いている小説だ。小説を書きはじめるときに、人生でもっとも重要なことが開始されたという実感があり、書き終えるときに、何かが終わったという安堵《あんど》と寂しさを覚える。都合よく大晦日に脱稿する小説などないので、新年が新しい区切りになることはない。だから、新年にあたって何か目標を立てたり、新しいことをはじめるということもない。小学校のとき、元旦から日記をつけようと決めたことがあるが、四日間で止めた。

ただし、新年を新しい事始めにすることが間違っているとか、意味がないと思っているわけではない。新しい年を迎えて、自分に目標を課すのはいいことに決まっている。ダイエットとか禁煙とかジョギングとか、そういった日常的なことでも、新年の目標とするのは基本的に良いことだ。

だが、わたしを含めて、たいていの人は、旧年からの課題を持ち越している。当たり前のことだが、年が明けて、あらゆる問題が新しくなるわけではないからだ。たとえば借金が消えるわけでもないし、旧年中に犯したミスが帳消しになるわけでもない。現在の日本で言えば、膨張するばかりの財政赤字をどうするのか、東日本大震災の復興費用は足りるのか、TPPにはどういう戦略で臨むのか、壊滅状態の家電業界をどう立て直すのか、本当に消費税を増税するのか、若年層の雇用をどう確保するのかなどなど、やっかいでなまなましい課題だけが山積みになっているが、それらが新年になったことでリセットされるわけではない。

今年（二〇一二年）、個人的なことで恐縮だが、わたしは還暦を迎える。特別な感慨はないが、率直に歳《とし》を取ったなと感じる。自分はいつまでも若いなどとは絶対に思わないし、若い者には負けないと体力の限界に挑み、急傾斜の雪面をスキーで滑り降りるとか、冬の海で泳いだり潜ったりするとか、自転車で日本縦断を試みるとか、そんなことは絶対にしない。精神力も体力も間違いなく劣化している。「まだまだお若いですよ」などと言われても全然うれしくない。心身の劣化は、誰よりもよく自分自身がわかっている。歳を取るにしたがってどんどん元気になっていく生物は地球上には存在しない。

ただし、情報量と人的ネットワークは、若いころよりも増えている。逆に言うと、情報量と人的ネットワークの向上がない加齢は、救いようがないということだ。

企業の不祥事

昨年（二〇一一年）は、オリンパスや大王製紙など、社会を唖然《あぜん》とさせるような不祥事が起こった。粉飾決算ということだが、なぜそんなことが起こるのか、原因は案外単純ではっきりしている。粉飾決算というのはやってはいけないことだと、知らない人はまずいない。だが、ついやってしまうのは、そこに何らかの利益があるからだ。利益というのは、企業を存続させ雇用を守るとか、そんな卑近なことではない。わたしたちは、「ほめられたい」「けなされたくない」という本質的な欲求を持っている。それは社会的な動物である人間の特徴であり、野生動物にはそんな欲求はない。

「ほめられたい、社会的に評価されたい、尊敬されたい」というのは有名な「マズローの欲求五段階説」の四番目に位置するものであり、その裏返しとして、「評価を落としたくない」「軽蔑されたくない」「けなされたくない」という、裏の欲求とでも呼ぶべきものもある。粉飾決算をする人・組織は、その裏の欲求に突き動かされて、つい手を染めてしまうのだと、わたしは個人的にそう考えている。オリンパスと大王製紙のケースはそれぞれ性格が違うが、裏の欲求によって実行されてしまったという点では同じであり、日本だけに特有のものではない。たとえばアメリカのエンロンやワールドコムの不祥事は経済界全体を揺るがすような大規模で悪質なものだった。

昨年の企業不祥事では、監査会社や社外取締役の客観性など、いわゆるコーポレートガバナンスの強化が大きな話題となった。もちろんそれらは重要だが、どんなにガバナンスを強化しても、「ほめられたい」「けなされたくない」というわたしたちの根源的な欲求を抑え込むのは不可能だ。その欲求は、経済的・社会的成功の大きな原動力にもなっていて、人類がそれを失うと、ひょっとしたらあらゆる成長や進歩、それに芸術や文学など創造的な仕事も同時に消滅するかも知れない。

「収入や称賛や尊敬や名声などを得るためにやるのではない。自己の向上のため、社員の幸福のため、そして社会貢献のために必死に仕事をするのだ」みたいなことが、よく言われる。しかし、その崇高で理想的な考え方の背後には、当然「ほめられたい」という欲求がちゃんと潜んでいる。そして、その欲求は、決して間違っているわけでも、悪意あるものでもないのである。

モーレツと目標

かつて「モーレツ」という流行語があった。一九六九年、車が疾走し、当時の人気モデルだった小川ローザが、映画『七年目の浮気』のマリリン・モンローのように風であおられたスカートの裾を押さえて「オー、モーレツ」とつぶやくという、丸善石油のテレビCFが話題になった。今見ると唖然とするが、そのころすでに「モーレツ」という言葉は広く流布していて、その小川ローザのCFは、アナクロ的なジョークの意味合いも含んでいたように記憶している。事実、そのすぐあとに富士ゼロックスが「モーレツからビューティフルへ」という有名なコピーのCFを作った。

『もーれつア太郎』という赤塚不二夫の人気漫画も、やはり六〇年代末から七〇年代初頭に連載されていた。「モーレツ」は、高度経済成長を象徴する流行語だが、今考えると、そのまっただ中で流布したというより、奇跡的な経済成長の終焉《しゅうえん》が見えてきたころに生まれたということになる。

当時わたしは子どもだったので、高度成長時に大人たちがみな「モーレツ」に働いていたかどうか、実際には知らない。そう言えば、そのころには植木等の「サラリーマンは気楽な稼業ときたもんだ」という有名な歌詞のヒット曲もあった。いずれにしろ、モーレツという言葉に象徴されるような熱気があったのは確かで、家族や自分の時間を犠牲にして働くサラリーマンは「企業戦士」と呼ばれていたりした。

だが、そういった風潮は、自己犠牲だけにスポットが当たり、実際の業績より、とにかくモーレツに働いているという印象を上司に与えることが優先されるという悪《あ》しき先例を生んだ。毎日の残業と長時間の会議、そして上司や取引先との連日の飲み会などがその代表である。

しかし、そのような風潮は、ある意味、のどかなものだった。オイルショックまでは、多少の循環的な不況はあったが、巨大な需要を背景に、経済は成長を続け、給与も上がり続けた。商品を作れば売れる、並べれば売れるという時代だった。労働者は、単にモーレツであればそれでよくて、自ら目標を設定する必要がなかった。

今は違う。短期と中長期、仕事と人生、それぞれの目標を設定できない人は、不利な生き方を強いられる。しかも、できるだけ早い時期に目標を見いだすことが望まれる。どれだけ「モーレツ」に働き、どれだけ自己犠牲を払っても、目標がない場合は単なる自己資源の浪費に終わってしまう。高度成長期の二〇年間、日本全体に、「豊かになる」という目標と、その達成感があった。特別な時代だったのだ。現代はそのころとパラダイムがまったく変わってしまっているのに、多くの人がいまだ高度成長時の亡霊のような価値観で、生きている。

日本が誇れるもの

このエッセイは、編集部がテーマを選び、わたしなりに解釈して書いている。今回与えられたテーマは「日本が誇れるもの」だった。エズラ・F・ヴォーゲルというアメリカの社会学者が書いた『ジャパン・アズ・ナンバーワン』という本が話題となったのはもう三〇年ほど前だ。日本の高度経済成長を分析し、特性を称賛し、アメリカは何を学ぶべきかということまで書かれていた。ただ、そのころ、「日本が誇れるもの」について、日本人が考えを巡らせていたわけではないし、ナンバーワンと言われて喜ぶ人はそれほど多くはなかったような記憶がある。

大勢の人が、あのころに比べて日本は凋落《ちょうらく》してしまったと感じている。GDPは中国に抜かれ、貿易収支も赤字になり、財政は火の車で、人々の給与は上がらず、政治は国民の信頼を失い、政策の選択肢も極めて限られている。かつて世界の半導体市場を席巻した日本メーカーは、韓国や台湾に追いつかれ、追い越され、半ば国策として誕生したエルピーダメモリというDRAMメーカーはつい最近経営破綻した。

皮肉なことに、「ものづくり」という言葉が流通するようになってから、日本の製造業はしだいに優位性を失っていった。高度成長時代には「ものづくり」などという言葉は聞いたことがなかった。ある資料によると、新聞記事に「ものづくり」という言葉が急増するのは九〇年代の後半らしい。

言葉は、それが意味する概念が希薄になり、優位性が失われたあとで、渇望の象徴として流行《はや》ることがある。そう言えば、昨年（二〇一一年）以来、これほど「絆《きずな》」という言葉が重要視されたことはなかったのではないだろうか。「絆」が充分にあれば、そういった言葉は不要になるのかも知れない。

それでは「日本が誇れるもの」はないのかというと、決してそんなことはない。昨年の大震災で、わたしが驚いたのは、走行中のすべての新幹線が脱線せずに停止したことだ。地震発生時、二七本の東北新幹線が走っていた。早期地震探知システムにより、最初の揺れの約一〇秒前、もっとも大きな揺れの約一分前に、非常ブレーキがかかって減速を開始したのだそうだ。

大震災に関しては、自衛隊の活動も特筆すべきものだ。自衛隊は、3・11当日から現地に入り、一〇万人規模で活動し、地震発生から四日間で約一万九〇〇〇人を救助した。世界各地で大災害が起こるが、これほどの救助活動はわたしは聞いたことがない。

日本が世界に誇れるものは、おそらく他にもたくさんある。だが、それを声高に訴える必要もないし、国民すべてが意識する必要もない。個人の誇りも、国家的な誇りも、静かに胸に秘めて、困難に立ち向かうときの糧《かて》とすべきであって、数え上げ、並べ上げて安心したり、自慢したりするようなものではない。言葉に出した瞬間に、消えてしまうものがある。誇りもその一つかも知れない。

インターネットと読書

SNS（ソーシャルネットワーキングサービス）について、わたしは、率直に言って、わからない。フェイスブックは会員登録はしているがほとんど何も利用していないし、ツイッターもたまに他の人のつぶやきを覗《のぞ》き見するだけだし、ブログも書いていないし、実は、自身のホームページも持っていない。「村上龍」で検索すると、JMMというメールマガジンや、G2010という電子書籍会社のページが出てくるが、それは「村上龍」のホームページでもブログでもない。

インターネットにおける情報発信ということで言うと、JMMというメールマガジンがあって、一〇万人以上に配信されているので、それだけで充分間に合う。なぜわたしが自身のホームページを持っていないのかというと、単にそんなものを作るのが面倒くさかったからだ。なぜブログを書いていないかというと、単にそんなものを書くぐらいだったら原稿を書いたほうがいろいろな面で合理的だからだ。

ツイッターも今のところ、つぶやくつもりはない。わたしは、基本的に一日中PCの前で仕事をしているから、メールもネットからの情報収集も発信も、スマートフォンや、iPadなどタブレット型端末に頼る必要がない。

だから、ＳＮＳについて、わたしは語る資格がない。ＳＮＳが世界やビジネスをどう変えるかも、わからない。確かにインターネットと、その効率性を利用したネットワークサービスは日々進歩し続け、たとえばすでに音楽業界はまったく様変わりしてしまった。ヒット曲はＣＤの売り上げではなく、ダウンロード数で決められ、有名レコード会社の有名プロデューサーがタクシーの運転手をしているというような噂《うわさ》が飛び交い、ミュージシャンはコンサートで稼がないと食べていくのもむずかしくなっている。

小説の執筆という限られた範囲で考えると、資料の収集は、比較にならないほど便利になった。たとえば「道路工事の交通誘導員」についての情報が欲しいときは、以前だったら直接会って話を聞くしか方法がなかったが、ブログや「質問&回答」というような形で交通誘導員に関する情報をネットから得ることができる。

だが、わたしだけかも知れないが、インターネットを利用するようになって、読書量が減った。メールのやりとりなどで、本を読む物理的な時間が少なくなったこともあるが、「ごく当たり前のこととして」本を手に取ることが減った。インターネット以前は、何気に本を手に取ることがごく自然だったが、今では読書が特別な行為になったような気がする。娯楽としての読書も、勉強としての読書も、資料収集としての読書も、基本は「情報を得る」ためのものだ。だが、今は、インターネットが、情報を得る手段の主流、および一番手となった。南の島で、デジタルから離れ、のんびりと本を読みたいと思ったりもするが、悲しいことに、どこに行くにも、必ず最初にPCをバックパックに詰めてしまうのである。

仕事と家族

仕事と、家族と過ごす時間のバランスに悩むビジネスマンが多いのだという。本当なのだろうか。わたしは、自分の家で仕事をすることが多いし、基本的に自由に時間を配分できるので、そういった悩みがよくわからない。仕事をしたかったら仕事をすればいいし、家族と過ごしたかったら過ごせばいいと思うのだが、きっと一般的なビジネスマンの場合、そうはいかないのだろう。

ただ、どうして、そうはいかないのだろうか。仕事と、家族と過ごすプライベートな時間の配分がうまくいかない理由は、たぶん一様ではない。たとえば、都市部の中規模の病院で働く勤務医や研修医を考える。救命救急以外でも、彼らの勤務は過酷だ。以前、わたしの番組「カンブリア宮殿」で医療の特集をやったとき、普通なら絶対にマスコミの取材には応じないという勤務医が、わたしの熱心な読者だということで、出演してくれた。どうして取材に応じないのですかというスタッフの質問に、彼は「そんな時間があったら五分でもいいから寝たい」と答えた。

過酷な労働でも、勤務医はスペシャリストで、いざとなったら高額のアルバイト医になることも可能だ。

だが、スペシャリストではないために、ひどく過酷な勤務を強いられるフリーターやアルバイトも多い。彼らの代わりはいくらでもいるので、不満を訴えればクビになる。そもそも、そういった人はたぶん家庭を持つことさえ不可能だろう。

それでは、仕事と、家族と過ごすプライベートな時間の「理想の配分」というのはどういったものなのだろうか。残業がなく、充分な収入があって、週末は家族と過ごし、一年に何度か家族旅行に行き、可能なら別荘での生活も楽しむ、そんな感じだろうか。そんな時間配分を実現するためには、何が必要なのだろうか。間違いなく重要なのは、いろいろな意味での経済力だろう。会社から大切にされていなければならないし、あるいは従業員を大切に扱う企業に就職しなければならない。

充分な経済力がない場合、どうやって理想の時間配分を実現すればいいのだろうか。おそらく、選択肢はゼロだ。実際には、経済力以外に解決策はない。駅のホームで、悩みを抱えて死をイメージしているビジネスマンは、現代人としての自我の葛藤に悩んでいるわけではない。借金で首が回らない、失職して再就職先がない、給料が安くて家庭が不和になった、そのほとんどが「経済力」に起因している。経済力の強化以外、解決策はないのに、他に何か要因があるかのような幻想をメディアは垂れ流し続けている。

日本人の政治意識

「どうして日本国民の政治意識は低いのか」と聞かれても、わたしには、どうもよくわからない。日本人は本当に政治意識が低いのだろうか。また、政治意識とはそもそもどういうものなのだろうか。政治意識の高さを測る指標は、投票率だけなのだろうか。

たとえば新政権が誕生し、新内閣が発足すると、大手既成メディアは「新内閣に何を期待しますか」と、街頭で人々にインタビューしたり、アンケートをとったりする。だが、本来政党は選挙において「公約」「マニフェスト」を国民に示し、支持を訴えて、今のような二大政党制の場合、勝利したほうが政権を担当する。期待も何も、「わが党は、政権を取ったらこれらの政策を実施します」と明言しているわけだから、本当に実現するかどうか、じっと監視していればそれで済む。

どうして「期待」という言葉が出てくるのか、わたしはよくわからない。たぶん、一つには、高度経済成長のころの政治システムの幻想があるからだろう。政府の役割は、大きく二つある。一つ目は外交で、敵対する諸外国からの侵略などに抗して、国益、つまり国民の生命・財産を守らなければならない。二つ目は、資源の再配分で、国民から集めた税金をどう使うか決めるというものだ。

高度成長期、外交には日米安保という強力な基軸があり、独自の判断はほとんど必要なかった。資源の再配分に関しては、圧倒的な経済成長で基本的に税収は増え続けた。政治家の役割は、限定的な資源を、どうやって振り分けるかではなく、ふんだんにある税収をどこに多めに配分するか、という裁量的なものだった。だから、政治家が集まる永田町には地方からの陳情団が連日押し寄せ、「ぜひうちにたくさんお金をくださいい、だって選挙に協力したじゃないですか」と訴えていた。

そういった時代状況が一定期間続くと、社会的な刷り込みが成されるので、なかなか変化を受け入れることができない。今や日米安保は、たとえば普天間基地の問題だけを見てもわかるように、外交において「喉に刺さった棘《とげ》」のような存在になりつつある。また、中国など急激に勢いを増す東アジア諸国との新しい関係も模索しなければならない。そして、資源の再配分に関しては、「どこに多めに配分するか」といったやり方はとっくに破綻している。どこかに資源を配分すれば、別のどこかにはお金が行かないという「ゼロサム」の状態となっている。

政治の役割が、大きく変化しているにもかかわらず、政治家も大手既成メディアも、そして大多数の国民も、それに気づいていないのかも知れない。そういった「ずれ」「倒錯」があるとき、政治意識という概念は、限りなく曖昧になる。「選挙に行ったところで何も変わらない」と、ほとんどの国民はそう思っている。事実、民主党が政権を取っても、何も変わらなかった。

単純な解決策はない。政治家に対し、期待ではなく、監視で臨まなければ、何もはじまらないが、その前提となるものが、まったく整っていないからだ。

オリンピックと貧困

最低賃金より生活保護受給額のほうが大きい自治体は少なくない。貧困とは何か、貧困をどう定義するのか、貧困層の存在は社会にどういったリスクを生じさせるのか、最近そういったことをよく考える。きっかけはオリンピックだった。今でこそ、世界中ほとんどの国と地域が参加するようになったが、第二次大戦前、あのナチス・ドイツによって行われたベルリン五輪では、参加した国と地域は四九、アジアやアフリカ、中東からの参加は非常に少なかった。ちなみにアフリカで参加したのは南アフリカとエジプトだけ、中東からはトルコ（欧州の一部という見方もある）だけだ。

スポーツは基本的に経済的な余裕がなければできない。いろいろなスポーツがあるのでひとくくりにはできないが、わかりやすいのは、施設、用具などにある程度の資金力が必要なもの、つまり温水のインドアプールが必要な水泳や飛び込みやシンクロナイズドスイミング、それに高価な用具・ユニフォームなどが必要な競技、つまりテニス、アーチェリー、射撃、馬術、ボートなどの種目において途上国はほとんど目立った活躍がない。もっとわかりやすいのは冬季五輪のスキーやスケートかも知れない。途上国、最貧国はどちらかといえば「南」に偏在し、人工スキー場やアイスリンクを造る資金力がないので、参加はとてもむずかしい。今後一〇〇年経っても、ウガンダやソマリアやグアテマラからフィギュアスケートのメダリストが現れることはないだろう。

貧困の定義としては、世界銀行による「一人あたり年間所得三七〇ドル以下」という絶対的基準があり、またOECDによる「所得が中央値の五〇パーセント未満」という相対的基準がある。年間所得三七〇ドルというのは、一日にすると一ドル（八〇円）ほどで、日本では絶対に暮らしていけない。中央値の五〇パーセント未満という基準だと、日本の場合は年間所得にして約一八〇万円以下ということになる。ワーキングプアが年収二〇〇万円以下とされているようなので、年収一八〇万円以下での生活はやはり相当悲惨なものにならざるを得ないだろう。

日本国憲法には、「すべての国民は、健康で文化的な最低限度の生活を営む権利を有する」とある。それでは、「健康で文化的な最低限度の生活」とはどんなものだろう。たとえばテレビは不可欠だろうか。PCや携帯電話、あるいは公共交通が未整備の地方における自動車、自転車などはどうだろうか。身体機能が弱ってきた高齢者の眼鏡や補聴器や義歯はどうなのだろう。結婚を考えている若者のおしゃれな外出着やデート代は含まれるのだろうか。

そして、体を動かすこと、つまりスポーツは「健康で文化的な最低限度の生活」に必須だろうか。周囲を見回しても、ジョギングしているホームレスはいない。現代における貧困とは何か、貧困層を抱える社会のリスクとは何か、考えることはムダではない。

成功体験について

成功体験が衰退、凋落の要因となるのは、ある程度は仕方がないことかも知れない。その象徴は、かつて地球上に君臨した巨大爬虫《はちゅう》類・恐竜だろう。限界まで繁栄し、巨大になりすぎて、その後の環境の変化に適応できず、ほぼ絶滅した。その足元を這《は》い回っていた小さな哺乳類が、そのあとの地球の盟主となった。だが、恐竜の中には、鳥類に変化・進化したものがあったというのが現代の古生物学の定説になりつつある。つまり、恐竜の中にもサバイバルを果たした種がいたのだ。

現在の日本では、強烈な成功体験に縛られるかのように、変化に適応できず、市場から退出したり、衰退の道を歩む企業が目立つ。代表的なのは、パナソニックやシャープなどの家電メーカーだろう。デジタル技術の急激な進化により薄型テレビの付加価値が急速に薄れた。これほど早くコモディティ化するといったい誰が予測できただろうか。

だが、嵐のような変化に晒《さら》されながら、サバイバルを果たした企業もある。たとえば富士フイルムだ。一〇年ほど前まで、「フィルム需要に陰りはない」と言われていた。「世界には約五億台のカメラがあり、新興国のフィルム需要も伸びるため逆に需要は拡大する」という専門家の予測さえあった。だがそのわずか数年後、デジタルカメラの爆発的な普及により、あっという間にフィルムは駆逐されてしまう。ポラロイドが破産申請し、コニカミノルタがフィルム事業から撤退し、アグファ・ゲバルトも事実上消滅し、あのコダックも連邦破産法の適用を申請した。だが、富士フイルムだけは生き残った。

自動車を売ることができなくなったトヨタを想像してもらいたい。富士フイルムを襲った危機はそのくらい衝撃的なものだった。富士フイルムは、どうやって環境の激変に適応し、サバイバルしたのか。常に、巨人コダックに挑戦し続け、危機感を失うことがなかったというのが一般的な要因だが、その戦略は、決して単純ではなかった。リストラもしたし、新しい研究所も作った。だが危機に対し、立ち向かうための武器となるものは、すぐには手に入らない。それまでに自らが培ってきた技術、ノウハウ、人材、それらを新しく「組み合わせる」しかない。富士フイルムは、ありとあらゆる可能性を試し続け、高機能材料を開発し、さらに積極的なM&Aを駆使し、そして生き残った。

重要なのは、どんな状況でも危機感を持つということだが、非常にむずかしい。危機感というのは、実際に危機の連続に身を置かないと生まれようがない。

そして現在、新たな問題が生まれようとしているように見える。成功体験に溺れるのではなく、成功とは無縁のまま、何が成功なのかさえわからない個人、企業が増えているのではないか。日本社会は、生まれてから一度も成功を味わったことのない人と企業で、あふれかえっているような気がする。

日本語の乱れ

「日本語の乱れ」は、常に話題になる。ずいぶん昔だが「美しい日本語を守りたい」とジョークのようなことを恥ずかしげもなく公言した新人作家もいた。考えてみれば当たり前のことだが、日本語自体が乱れるわけではない。誤った組み合わせで用いて、その機能を阻害し、日本語という言語体系を堕落させるのは、それを使う人である。日本語そのものは、広義のツールであり、ニュートラルなものだ。だから、守られるべきものでもない。

だが、もちろん「新語」「造語」はある。もう二〇年近く前、女子高生の援助交際を主要モチーフとした小説を書いたころだが、彼女たちが使う「符牒《ふちょう》」というか「造語」が数多くあった。もっとも有名なのが「チョベリグ」と「チョベリバ」で、それぞれ「超ベリー・グッド」と「超ベリー・バッド」の略だった。そういった一種の符牒は、社会への同化を嫌い、拒む組織や層が好んで使う。援助交際のはるか以前には、バンドマンやミュージシャンが使う「ナオン（女）」「ケーサ（酒）」「ネーカ（金）」みたいな物言いがあった。

これはかなり最近だが、ある女性の友人から「うちの子は、中学二年だけど、わたしが何を聞いても『余裕』と『微妙』しか言わないんです」と言われたことがあった。肯定的な返事は「余裕」、否定的なものが「微妙」だ。

「ねえ、今日の試験どうだったの」「余裕（発音としてはヨユー）」

「お昼、ピザでいい？」「微妙（ビミョー）」

だが、符牒や造語は可愛いもので、日本語の堕落などに結びつくことがない。わたしは「チョベリグ」という造語が案外好きだったが、あっという間に死語になった。「ヨユー&ビミョー」もいずれ簡単に過去のものになっていくはずだ。

たわいのない符牒や造語とは違い、日本人や社会の堕落を象徴する表現もある。その代表が「＊＊＊させていただきます」という表現だ。へりくだっていて、謙虚で、敬意を表している印象もあるが、実際は違う。

「本日司会を務めさせていただきます＊＊でございます」

という丁寧語には、誰か他の権威ある人に司会を依頼された、あるいは司会をすることを許された、というニュアンスがある。そして結果的に、「自らの意志」を曖昧にすることができる。「『半島を出よ』という小説を書かせていただきました」などと、わたしは絶対に言わない。誰かに「書かせていただいた」わけではなく、自らの意志で「書いた」のだ。

「＊＊させていただきます」という表現は、決定と責任の所在を曖昧にできるために、あっという間に流布・定着した。わたしたちの社会は、決定と責任の所在をはっきりさせることを嫌う。言い換えれば「自らの意志による決定」の明言からの逃避であり、甘えが奨励されていることになる。「甘え合う」ことが善となっている社会からの、暗黙の要請と強制が働いているのである。

争点の喪失

この原稿が活字になるころには、総選挙（二〇一二年十二月）の結果が出て、おそらく自民党が勝ち、同時に政界再編が話題になっているだろう。わたしは、政治に対してニヒリスティックになっているわけではないが、どの政党が政権を取り、誰がリーダーになっても、日本の現状はあまり変わらないだろうと思う。今よりさらに悪くなる可能性は充分にあるが、良くなることはない。

どの政党も、選挙に勝つため、と言えばそれまでだが、「政策における負の側面」についてまったく言及がない。このエッセイでも何度か触れたが、高度経済成長期と違って、今の日本には財政的余裕がなく、再分配政策はトレードオフにならざるを得ない。つまり、話題のTPPにしても、農業に配慮すれば反対するしかなく、グローバルにビジネスを展開する製造業としては交渉に参加し、加入するほうが合理的だとする意見が多数を占めるだろう。

今以上に社会保障を充実させようとすれば、おそらく増税以外の選択肢はない。年金、医療、介護、教育、雇用などにおいて、不安定な現状を改善し、国民の不安を軽減しようとすれば、国民に、ある程度の、あるいはこれまでとは比べものにならないほどの多大な負担を強いるしかない。政治家や政党が国庫を支えているわけではない。日本国の予算は、政治家や官僚のものではなく、国民のもので、政治家や官僚はその再分配を行うだけだ。

だから、たとえば「今のままでは年金制度が破綻しますので、税方式に移行せざるを得ません。ついては、これだけの負担増を理解していただかなくてはいけません」というような説明が必須だが、そんなものはまったくない。考え方がはっきりしているのは、共産党と社民党くらいで、彼らは大企業から社会的弱者への資本移転を主張する。つまり昔ながらの、「資本家から労働者へ」だが、そんなことをすれば、製造業はさらに拠点を海外に移すようになり、競争力を失い、パナソニックやシャープを見ればわかるように、業績は悪化して、逆に、失業者が急増するだろう。正しい政策というものは存在せず、どの層、どの分野に重点的に資源を分配するかだけが問題なのに、そのことは話題にもならない。どの政党も、「国民の皆様のため」と言うだけだ。繰り返すが、「国民の皆様」つまり全国民に対し利益となるような再分配政策など存在しない。あちらに資源を配れば、こちらは困窮し、非正規労働者のために「同一労働同一賃金」の法改正をすれば正社員は不満を持つ。

「争点」が隠蔽され、大手既成メディアを含め、誰もが「利害の対立」に触れたがらない。日本の不幸は、単に経済が停滞し続けていることではない。停滞と閉塞から脱するための政策の「争点」を、喪失していることなのだが、そういった指摘も非常に少ない。

「昔はよかった」のか？

これまでも繰り返しエッセイで書いてきたが、「昔はよかった」という言い方がずっと嫌いだった。とくに、下の世代に向かって「今と違って、おれの若いころは」というような、自慢というか、哀れむような物言いをするのが大嫌いだった。周囲の仕事仲間がほとんど全員年下になってしまった今も、基本的に、そういった考え方に変化はない。

事実、昔は決していい時代ではなかった。わたしが子どものころ、日本は、おそらく今の若い人たちが想像できないくらい、貧しかった。信じられないかも知れないが、九州でも冬はひどく寒く、暖房器具はこたつと火鉢、それに石油ストーブくらいしかなく、室内に置かれた花瓶の水が凍ったりしていた。電気毛布など、影も形もなかったし、羽毛布団など誰もそんなものがあるとは知らなかった。夜の寒さに耐えて眠りに就くためには、熱湯を入れた陶製の湯たんぽを使うか、綿入りの布団を重ねるしかなかった。肌触りの悪い毛布の上から、綿入りの分厚い布団を重ねて被《かぶ》ると胸が圧迫されて、窒息するのではないかと思うほど苦しかったのを覚えている。

貧しいということは、生活環境が不潔だということでもある。アルミサッシと網戸が普及する前は、夏には蚊帳《かや》を使っていた。蚊帳は、奈良時代からあり、江戸時代には庶民も使っていたそうだ。高度経済成長がはじまって間もないころまで、わたしたちは江戸時代とあまり変わらない生活をしていたのである。毎年夏休みが終わる時期に、日本脳炎で何人か同じ学校の生徒が死んだ。

そんな昔が、いい時代であるわけがない。だから年長者が「昔はよかった」と言っても信用してはいけない。すべて嘘だ。だいいち、それほど昔がよかったのなら、変化を望まず、そのままにしておけばよかったのだ。

しかし、最近、今の若い人は可哀相だと思うことが増えた。若年層だけではなく、中高年も、とても生きづらそうに見える。日本は、わたしが子どものころに比べると圧倒的に豊かになっているのに、どうして生きづらいのか、わからない。雇用が安定せず、給与が上がらないから、という理由だけなのだろうか。わたしが日常的に付き合うのは、たとえば編集者だが、若い彼らはろくなものを食べていない。また、仕事量が多すぎるからか、担当作家の作品や、担当ページの資料以外ろくに読書もしていないし、映画も見ていないし、音楽も聞いていない。

この本を発行している幻冬舎の現社長である見城徹がまだ平社員の編集者だったころ、彼とわたしは、今考えてもどうしてそんなことができたのか不明なのだが、ほとんど毎晩飲み歩き、美食の限りを尽くし、刺激的な映画や音楽を堪能《たんのう》し、遊びまくっていた。脳天気な時代だった、それに尽きるのかも知れない。しかし、単純にGDPで考えると、わたしがデビューしたころの六倍強に拡大している。国内総生産が六倍になっていながら、どうして多くの人が「生きづらさ」を覚えるのか、誰かわかりやすく説明できる人がいるのだろうか。

忠誠心と信頼

編集部から依頼されたテーマは「会社に対する忠誠心は必要か」というもので、「高度経済成長時代の日本企業の発展の源泉は間違いなく会社への忠誠心だった」という説明が付いていた。わたしは、愕然《がくぜん》とした。言うまでもなく、日本の高度成長と、会社への忠誠心は何ら関連性がないし、そもそもかつて社員が会社に対し忠誠心を持っていたかどうかさえ疑わしい。しかも、忠誠という概念が、経済合理性ではなく、精神論によって育まれたのか、それも怪しい。たとえば国民や兵士の王への忠誠心は、王によって、自分と家族の生命・財産を守ってもらう対価として生まれ、やがてそれが「騎士道」などという精神論的な価値観に結びついたという考え方もある。

日本の高度成長の最大の要因は、「非常に大きな需要が存在したこと」だと、個人的にそう思っている。まず巨大な需要があり、加えて内部には、戦災からの復興という強いモチベーションと戦前から保持していた技術力、それに勤勉な国民性があり、外部的には、朝鮮戦争特需に象徴される「冷戦」があった。日本は、アメリカの庇護《ひご》を得ることができたので、莫大《ばくだい》な軍事費を準備して旧ソ連の侵攻に備える必要がなかった。資源を経済に集中することができたのである。

高度成長期、ものを作れば作るだけ売れたし、店頭に並べれば並べるだけ売れた。高度成長期の巨大な需要は、たとえば、「電気を点《つ》ける」という表現がいまだに使われていることに、その名残《なごり》を垣間見ることができるだろう。電気というのは、エレクトロニクス全般を指す。だが、部屋を明るくしたいときに、「ちょっと蛍光灯を点けてくれない？」とか「電球のスイッチを入れて」とか「暗くなったからＬＥＤ点けて」とは言わない。今でも一般的なのは「電気を点ける」だ。わたしが子どものころ、つまり高度成長がはじまったころは、普通の家庭では電気製品が「電球」しかなかった。ラジオが普及しはじめるのはもう少しあとで、洗濯機やテレビや冷蔵庫はさらにもっとあとだ。戦前からずっと「電気といえば電球だけ」という時代が長く続いたから、「電気を点ける」という表現は今でも死語になっていない。

今も昔も、会社への忠誠心など、必要ないどころか、弊害しか生まない。そもそも「会社への忠誠心」というときの「会社」とは何を指すのか。経営者か、それとも株主か、従業員、あるいは組合だろうか。現在それらの利害が一致する幸福な会社は多くない。現代に限らず、会社・経営者と従業員の間に必要なのは、「信頼」であって「忠誠心」ではない。会社の経営理念と事業戦略を全社員が理解して共有し、進むべき方向が見えていて、自社の商品やサービスに誇りを持つことができて、しかも解雇される不安がなく、毎月決まった日に給与が出て、さらに毎年昇給があるときに、「信頼」が生まれる。そういった信頼が醸成されている会社だけが、生き残る。「忠誠心」などという言葉が見え隠れする会社は、すでに市場によって淘汰《とうた》され、とっくに絶滅している。

アベノミクスの功罪

「アベノミクス」という言葉が連日メディアを賑《にぎ》わせている。安倍首相が主導し、この原稿を書いている二〇一三年四月初旬現在では、円安と株高が定着し、景気がよくなるという期待が国民に浸透しはじめているようだ。わたしは専門家ではないので、経済・金融政策としての「アベノミクス」の是非を論じることはできない。円安で輸出企業を中心に業績が回復し、株高で投資家の懐が潤い、インフレ期待で消費が増え、日本経済が再生するという理想的な展開になるのかも知れない。または、物価だけが上昇して、労働者の給与が上がらず、企業の生産性も現状にとどまり、最悪はスタグフレーションとハイパーインフレに見舞われて、日本は奈落の底に沈むのかも知れない。どうなるかは、エコノミストにも、経済学者にも、誰にもわからない。

ただ、わたしには「アベノミクス」に対する若干の違和感がある。批判勢力が指摘する「中央銀行の独立性が脅かされる」「二パーセントを超えてインフレが進んだら止めようがない」といったようなことではない。「アベノミクス」によって景気が回復した場合、民間企業と国民の「政府への依存」がさらに定着し、増大する恐れがあるということだ。数としては少ないが、デフレ下の現在でも、付加価値の高い製品とサービスを提供して、内外で業績を伸ばしている企業は確かに存在する。それらの企業は共通して、政府に頼ろうとしない。

わたしは、基本的に、成熟した国の政府の役割は「経済成長ではなく再分配」だと思っている。徴税し、優先順位をつけて分配し、時代状況にフィットするように法律を整備して、企業と国民の奮起と努力を喚起する、それが政府の主要な仕事だ。近代化途上にある貧しい国なら話は別だが、日本は高度経済成長を果たし、インフラ整備はとっくに終わっている。経済を成長させる主体は、政府ではなく、民間企業である。輸出メーカーは「アベノミクス」による円安を歓迎するだろう。だが、たとえばシャープのように弱体化した家電メーカーが、円安によって復活するとは思えない。また、ガラパゴスと揶揄《やゆ》された日本の携帯電話が、円安によって世界市場を制するとも思えない。「アベノミクス」で景気が回復したとき、国民は、ひょっとしたらこれまで以上に「お上頼み」を強めるかも知れない。個人的に努力し、勉強して、必要があれば海外に出て経験を積み、自らの市場価値を高めて金を稼ぐというモチベーションが、高まるとは思えない。故S・ジョブズ、ジェフ・ベゾス、マーク・ザッカーバーグのような起業家が日本に生まれる可能性はさらに低くなるのではないだろうか。「政府に頼っていれば景気はよくなり生活は豊かになる」と刷り込まれるからだ。

そして、万が一「アベノミクス」が失敗に終わった場合、絶望はさらに深まる。やはり日本は衰退するしかない、何をやってもダメだ、というムードが社会を覆うだろう。「アベノミクス」のそういった側面を指摘するメディアはほとんど皆無であり、わたしはそのことが不思議でならない。

賃金は上がるのか

今、ある雑誌で「人生相談」の回答を書いている。どう生きればいいのかという哲学的な問いはほとんどなく、仕事に関する極めて具体的な相談が多い。「仕事にモチベーションを感じられない」「上司から『もっと空気を読め』と言われるがどうすればいいのかわからない」「やる気のない部下との接し方がわからない」「どうすればプラス思考になれるのだろうか」「有効な人脈を作りたいが方法がわからない」そんな感じだ。

相談者が抱える悩みは切実であり、世相を垣間見ることができる。もっとも目につくのは、「賃金が安すぎてこのままでは結婚もできないし将来が不安でしょうがない」というような相談だ。わたしは、「それは悩みではなく、立ちはだかる現実です」「もっと稼ぎたかったら、もっとハードに働くしかありません」という、ミもフタもない回答をした。今でもその回答が間違っているとは思わない。ただ、「賃金が安すぎる、賃金が上がらない」という相談にはインパクトがあり、複雑な思いにとらわれる。

一九九〇年代半ばをピークに、日本の労働者の給与も賞与も年収も、基本的には下がり続けている。すべての原因はデフレにあるという専門家もいるし、賃金が上がらないからデフレになるのだという指摘もある。おそらくどちらも正しいのだろう。

グローバリズムの影響だとも言われる。非専門、非熟練職は、中国や台湾やベトナムなどの労働者と競争関係にあるということだ。ユニクロを全世界に展開するファーストリテイリングの柳井正会長兼社長が、「世界同一賃金」という考え方を示して話題になった。ただし批判も多く、労働基準法に違反するとか、これこそブラック企業だという意見もあった。柳井氏の考え方が果たして正しいのかどうか、わたしにはわからない。株主は歓迎するかも知れないし、国内の労働者は反発するだろう。

ヒューマニズムの観点で労働者の賃金を考えることは可能なのだろうか。バブル崩壊後の長く続く経済の停滞で、経営側が常に主張してきたのは「賃下げ」、あるいは据え置きは確かに辛《つら》いだろうが、会社が潰れて失業するよりはマシではないのか」というようなことだった。だが、業績が持ち直し、利益が出ている企業もなかなか賃上げに応じようとはしない。それでは、そんな企業が「ブラック」なのかというと、単純にそうとは言えない。経済状況の変化は非常に激しく、たとえばパナソニックやシャープのようにあっという間に赤字に転落することもある。

そして、賃金を上げて欲しいなどと声に出せるのはおもに正規労働者で、派遣など非正規の労働者は、賃上げどころか、絶えず解雇の不安に晒されている。ある経営者が、「毎月決まった日に給料が出て、わずかでもいいからそれが毎年上がっていく、そのことが安心と希望を生む」と、エッセイで書いていた。常に解雇に怯《おび》え、賃金は上がらないというあきらめが、人間の精神にどういう影響を与えるのか、そのことが社会全体をどう変えていくのか、わたしはそのことを考えている。

ITの皮肉

「正社員になれない」というニュース特集のことを友人に聞いた。登場したのは、支援するNPOが提供する木造モルタルアパートの四畳半の部屋に住み、何としても正社員になりたいが願いが叶《かな》わないという、三十代後半の男性だった。風貌やファッションから、生活の苦しさと人生の悲哀が伝わってきたという。もうすぐ四十歳になるというのに、これまで一度も正社員になったことがなく、パソコンを扱えれば有利と聞いて必死で操作に取り組んでいるのだが、就職口がまったく見つからないと嘆いていたそうだ。いろいろなことを、考えさせられた。

生活は非常に苦しく、自力ではアパートも借りることができないわけだが、なぜか彼は太っていた。生活苦なのだから当然痩せているべきだとか、太っていることが間違っているとか、そんなことではない。そもそも太りやすい体質なのかも知れない。だが、NPOの支援を受けなければ住むところもままならないという人は、いったいどんなものをどのくらい食べて太るのだろうと不思議に思った。いわゆるジャンクフードといわれる食品には高カロリーのものも多いので、たとえば増量されたカップ麺を食べ続けたりすると太るのかも知れない。

さらに、彼は、髪の毛が薄かった。生活の苦しさによるストレスもあるのかも知れないが、悲哀に充ちていたらしい。面接用のスーツとシャツが一着ずつ、ネクタイが一本、針金のハンガーに掛けられていて、普段はジャージだ。そして、就職に有利ということで、アルバイトがない日は、一日中PCを操作していて、真剣な表情でマウスを動かし、キーボードを叩《たた》いている。わたしは、彼がPCのどういった操作をトレーニングしているのだろうと気になった。

電子書籍の会社を作ってから、IT職において「ランク」が歴然と存在するのだと否応《いやおう》なくわかるようになった。たとえばプログラミング一つとっても、誰にでもできる単純なものから、設計に関わる高度なものまで幅広いランクがある。当然のことだが、定型的というか、誰にでもできるプログラミングはギャラも安いし、会社間の競争も激しい。

インターネットの普及に合わせて、ITによって生産性が上がり、新しい雇用が生まれると喧伝《けんでん》されてきた。だが、PCがごく普通のツールとなるにつれて、様相が変わった。ITが仕事を奪っているという指摘さえある。わかりやすいのは製造業におけるロボットと、非製造業における単純な事務作業だ。定型的で単純な事務作業は、すでにほぼ完全にPCに取って代わられている。

逆に、非定型的な、独創性や創造性が必要とされる職種では、ITは極めて有効なツールとなっている。皮肉なことに、ITは「誰にでもできて」「いくらでも代替えがきく」作業の低賃金化を加速した。高度で非定型的なスキルを持っていない人は、今後さらに不利になっていく。三十代後半のフリーターの彼が、そのことに気づいているのかどうか不明だが、必死にマウスを操作する姿を想像すると、痛々しい気持ちになった。

需要は増えるのか

あるラジオ番組に出て、「今いちばん欲しいものは何ですか?」と聞かれ、返答に困った。司会は「爆笑問題」で、「女でしょ?」と、太田さんに突っ込まれ、「女を含めて、欲しいものはないですね」と率直に答えた。田中さんから、「何でも持ってそうですもんね。時計も高そうなやつをしてるし」と言われて、わたしは、以前新宿伊勢丹に行ったときのことを話した。確か、去年(二〇一二年)の夏だった。買い物ではなく、単に靖国通りから新宿通りに出ようとして、かなり暑かったので、エアコンが効いている百貨店内を抜けようと思ったのだった。百貨店に入ったのは久しぶりで、何となく懐かしかった。

館内案内を見て、ついでだから何か買い物をしていこうかと考えたのだが、自分でも驚いたことに、欲しいものがなかった。たとえばシャツはミラノやパリで大量に買って袖を通してないものが三〇着以上ある。スーツは、テレビのインタビュー番組で着るものをHUGO BOSSから定期的に買うので、これもクローゼットに収まらないほどの数がある。革のブルゾンも、コートも、靴もネクタイも全部同様で、新たに欲しいとはまったく思わない。新宿伊勢丹に行ったけど、欲しいものが何もなかったと言うと、司会の二人は絶句していた。

話題としては新鮮味がなくなった「アベノミクス」だが、成功するためには、どこかで賃金が上がり、消費が回復して、デフレから脱却しなければならない。だが、少なくともわたし個人に関する限り、インフレになろうが、たまたま本が売れて年収が増えようが、需要は増えないということになる。もちろん、わたしは一般的な消費者ではない。日本人の平均よりもだいぶ収入が多いし、六十一という歳で、物欲も枯れてきている。

昔は違った。今でもよく覚えているのだが、幼いころ、故郷で、百貨店に行くと、この百貨店を丸ごと買えたらどんなにいいだろうとよく思った。食料品売り場のガラスケースの中に何キロかの霜降りの牛肉の塊があって、これを丸ごとすき焼きに入れて全部食べられたらすごいだろうと想像したりした。要するに、強烈な欲求、欲望があった。それがいつの間にか消えてしまったのだが、理由は加齢だけではない気がする。学生のころ、「ヴェルヴェット・アンダーグラウンド」というロックバンドのアルバムを探して、御茶ノ水から新宿まで、レコード屋を全部巡ったことがある。あれは間違いなく「欲望」だった。当時は相当レアだったそのアルバムは、今、iTunes Storeで簡単に手に入る。手に入れようと思えばいつでも簡単に手に入るという意識は、飢えを満たし、結果的に欲望を消してしまう。欲望は、想像力によって生まれ、育まれ、強度を増す。昔はほとんどすべての日本人にとって夢のまた夢だったフェラーリも、フランク・ミュラーも、シャトー・マルゴーも、とても身近なものになった。

消費が拡大するかどうかについて、「需要は増えるのか」ではなく、「欲望と想像力は復活するか」という問いを立てなければいけないのかも知れない。その予測に関して、わたしはやや悲観的である。

社長になりたいですか

ある新聞のアンケート調査で「出世して社長になりたい」という新入社員が過去最低の一三パーセントだったらしい。最近のビジネスマンには野心がない、キャリアを追い求め社内の競争に勝利したいという欲望に欠ける、そんな指摘もあるようだ。だが、本当にそうだろうか。わたしは、たとえ絶好調の会社でも、絶対に社長なんかになりたくない。ビジネスマンとして会社に勤務した経験が皆無で、作家というもっとも個人的な仕事をしているからという理由ではない。

そもそもバブル期以前と今では経営の本質が違う。高度経済成長期からバブル期までの経営は、その大半が単なる「調整役」だった。ものを作れば売れ、店頭に並べれば売れるという巨大な需要があった時代だ。経営方針の決定は社長個人ではなく、集団で行われ、「みんなで決めたこと」として実行され、それで事足りていた。そのような脳天気な経営が長続きするわけもなく、成功体験が重なる中で危機は静かに進行していき、バブルがはじけた瞬間から、多くの企業が過剰な雇用と設備と債務を抱え、市場から退出する企業や、合併や買収に晒される企業が続出した。

需要が減少し、供給過剰の時代に入ってから、経営の質が様変わりした。そのことを理解するには日産とカルロス・ゴーンの例を見るだけで充分だろう。「みんなで方針を決める」経営は終焉を迎え、「黒塗りのハイヤーに乗って威張るだけ」という経営者はもうほとんど姿を消した。経営は、「連続して起こる危機への対応」ということにその本質を変えたわけだが、もちろんそのほうが正統的であり、バブル以前が特異だったのだ。

「カンブリア宮殿」に登場する経営者たちの話を聞くと、製造業、非製造業、それに業態を問わず、「そこまでやらなければサバイバルできないのか」と唖然となり、「そんなシビアなことは自分なら絶対にできないしやりたくもない」と思う。資金難に陥って親族に借金を申し込んだり、睡眠時間を削ったために心筋梗塞《こうそく》を起こしたり、合併しなければ潰れるという状況で社員の解雇が必要になって不眠症になったり、企業理念を浸透させるために全国の支社、現場を回り社員と何百回何千回と話し合いを持ったり、わたしにはそんなことはできない。

だから、「社長になりたいと思わない」若者が増えたのは、日本企業がしだいにまともになっていった証で、嘆く必要などない。以前、「今、元気なのはバカだけだ」とエッセイに書いたが、今、社長になりたいなどと思う若者にも同じことが言えるのかも知れない。ただし、起業へのモチベーションは別だ。優秀な若者は、社長になりたいなどと思わず、会社、事業を立ち上げるだろう。ソフトバンク、楽天、H.I.S.、アスクル、ニトリなど、現代日本を代表する企業群の大半はそうやって誕生した。

お金で幸福は買えるか

還暦を過ぎ、体力が落ちたと感じることが多くなった。どういうわけか、「いつ見ても元気そうですね」と言われることが多いが、それほど元気ではない。定期的にいろいろな検査だけは行っていて、今のところ、シリアスな病気の類いは見つかっていない。だが、心身の衰えを実感するとき、それなりの収入があって助かったなと思う。だいいち医療機関にかかるだけでも、確実にお金が必要になる。スポーツジムに通うのも、ホテルのプールで泳ぐのも、マッサージを受けるのも、貧困層には無理だ。同年配のホームレスを間近で見たりすると、あの歳で路上生活をするのはどんなに辛いだろうと心が痛む。

「金で買えないものはない」「幸福も金で買える」といったニュアンスの発言もよく見かける。お金で幸福が買えるのかどうか、わたしは興味がない。「幸福」という概念が曖昧だからだ。『55歳からのハローライフ』という小説の取材で、山谷の住人たちに会ったが、「おれは、気楽だし、幸せだと思うよ」と言う人が多かった。自分の人生はこれで充分だと思えば、どんな人でも「幸福だ」と思うことができる。逆に、どんなに経済的・家庭的に恵まれた人でも、何らかの飢えや葛藤を抱えていたら、幸福を感じないかも知れない。

だから、「金で幸福が買えるか」にはあまり意味がないが、「金があれば不幸をある程度回避できる」というのは真実だと思う。富裕層は、費用を気にすることなく診療を受けられるし、予防のための検診、運動やカウンセリング、充分に管理された栄養のある食べものなどを得ることができて、快適で清潔でストレスのない住居で日常を送り、リフレッシュのための趣味を持ち、旅行にも行くことができる。当たり前のことだが、金持ちは有利だ。

だが、絶対に金では買えないものがある。信頼だ。

セックスが男女の愛の一つの形だとすると、愛も金で買えるのかも知れない。だが、男女間でも、友人同士でも、経営者と従業員でも、金で信頼を失うことはあっても、金で信頼を買うことはできない。信頼は、継続的なコミュニケーションにおいてのみ発生する。だから一つのファクターとして金銭が介在する場合はある。労働や商品の対価として金を払うという約束を守り続けることで信頼を得る、というようなことだ。だが、「世界中が敵に回っても、あの人だけはわたしを理解し、わたしの側に立ってくれるだろう」というような信頼は、金銭からは生まれようがない。信頼だけは、金持ちも貧乏人も同様に、「誠意あるコミュニケーション」を継続しなければ得ることができない。信頼は、もっともフェアな概念である。

非寛容の時代

「土下座」が話題になるテレビドラマが高視聴率を取り、ネットで悪ふざけの写真を公開した社員やアルバイトが解雇され、いろいろな場所でのヘイトスピーチの急増が懸念されている。それぞれに要因や性格は多少異なるが、共通しているのは「非寛容」ということではないかと思う。誤解して欲しくないが、わたしはそれらが間違っていると強調したいわけではないし、寛容の精神を持てば解決すると思っているわけでもない。

問題は、どうしてわたしたちの社会は「非寛容」になったのだろうかということだ。昔が今よりも社会として寛容だったというデータはないし、インターネットのように誰もが表現できるツールもなかったわけだから、ひょっとしたら、昔も今もわたしたちの社会は「非寛容」なのかも知れない。非寛容を象徴するのは「いじめ」だろうか。「いじめ」についても、いろいろな意見があるようだ。昔からあったという人もいるし、今のような陰湿ないじめはなかったという人もいる。だが、わたしの個人的な記憶では、クラスメートからいじめられて自殺する生徒はいなかった。

日本社会では、宗教がほとんど機能していない。それも「非寛容」の一因かも知れないが、これも昔から

「八百万《やおよろず》の神」というように、今にはじまったことではない。「非寛容」が生まれ、蔓延《まんえん》していくとき、どのような感情や態度が関係しているのだろうか。怒り、不満、嫉妬、そして無関心、いずれにしろネガティブなものばかりだ。それではわたしたちは、どのような状態にあれば、それらのネガティブな感情や態度から自由でいられるのだろうか。

時間軸と空間軸、それぞれに生じる満足・充足という考え方があるらしい。時間軸の場合、過去の自分より今の自分、さらに将来の自分のほうが生活が豊かになり、人間関係にも恵まれるという実感があり、予測ができる、ということだ。空間軸だと、過去や未来の自分ではなく、幸福や充足を「他人との比較」によって計ることになる。今、他人と比べて、明らかに自分は幸福で充足感があると思える人はどのくらいいるだろうか。

時間軸による幸福や充足を得られない人は、自分よりも明らかに不幸だと思える他人がいることを確認することで、カタルシスを得ようとする傾向がある。他人の不幸は蜜の味というように昔ながらのカタルシスだが、時間軸による幸福と充足が絶望的に不足している状況では、より明確に、またより強く、他人の不幸を求めるのかも知れない。言うまでもなく、他人の不幸を求めることは、「非寛容」の最大の源泉である。

現代の革命とは

昔は、体制派、反体制派、それぞれ明確なイメージがあった気がする。富裕層はだいたい体制派だった。金持ちは守るべきものがあり、既得権益があるので、変化を好まず、現体制を支持するほうが合理的だとされていた。ただ、富裕層ではなく、超富裕層とでもいうような階層に、たとえば「赤い貴族」と呼ばれたイタリア映画の巨匠ルキノ・ヴィスコンティのような人もいた。ヴィスコンティは、北イタリア屈指の貴族の家に生まれ、十四世紀に建てられた城で育ったが、共産党に入党している。共産主義の嵐が欧州に吹き荒れた時代には、そういった人物は少なくなかった。貧困層の人々はまともな教育を受けるのがむずかしく、無知で、共産主義のイデオロギーもわからなかったからだ。

長い間、反体制運動を担ったのは学生たちだった。大学で高等教育を受けた若者たちは社会の矛盾に目覚め、やがて革命を目指すようになる。キューバ革命を成功させたフィデル・カストロは、やはり裕福な生まれで、名門ハバナ大学法学部の学生だった。だが、共産主義者ではなかったらしい。フィデルたち法学部の学生は、軍の武器庫を襲うが、鎮圧され、彼の仲間たちはほとんどがむごい拷問を受けて殺される。フィデルは、殺してしまうと英雄になってしまうと政府が判断し、カソリックの司教が仲裁に動いたこともあって死刑を免れ、メキシコに亡命する。そのあとチェ・ゲバラらとグランマ号というヨットに乗ってキューバに再上陸し、革命闘争をはじめることになる。

非常にドラマチックだが、そういった革命は現代にもフィットするのだろうか。途上国では、いまだに全体主義的な政権が存在するので、フェアな社会を目指す革命は有効かも知れない。だが、成熟した先進国における「革命」というのは、具体的にどんなものなのだろう。右左を問わず、腐敗した政府を倒す革命は、基本的に、独占資本を国有化、もしくは国有化に近いシステムに変えて、国民に再配分するという政策を採る。

だが、現代の先進国では、資本・企業を国有化することは不可能だ。そんなことは万に一つもないが、仮に共産党が日本で政権を取っても、トヨタや三井物産やソフトバンクを国有化することなどできない。今の日本で、右左、いずれかの過激なグループが暴力革命を成功させた場合、いったいどんな政策が可能なのだろうか。たとえば右派は、対米関係をどうするのだろうか。左派は、中国と同盟を結ぶのだろうか。もし日本で革命が起これば、グローバルな経営をする企業群は国を出るかも知れない。経済は破綻し、想像を絶する社会的混乱が起こるだろう。

現代の先進国、とくに欧州の一部で、奇妙な現象が起こっているように見える。ＥＵによる財政規律の強要で、いくつかの国では、財政を緊縮させ、福祉を削り、税金を増やして、破綻しそうな金融機関を救済する、というような構図が見られる。格差が深まり、貧困層が激増しているらしい。革命が起こってもおかしくない状況がもうすぐ現れるかも知れない。だが、いったいどのような革命なのだろうか。

夢を持つべきなのか

先日、近所の公立中学校で、生徒や保護者たちと話す機会があった。講演というか、授業の一環で、ボランティアだった。地域での活動はボランティアでやると決めている。理由はシンプルで、居住する地域とはいい関係を築きたいからだ。事前に生徒と保護者から質問を集めてもらい、それらに答える形で話をした。質問は、興味深いものだった。とくに、生徒たちから「将来の夢がないが、どうすれば夢を持てるのだろうか。夢は持つべきだろうか」というようなニュアンスの質問があり、それが強く印象に残った。子どもたちは、わたしたちが考えるより、はるかに時代状況に敏感なのだと教えられた。

夢を持とう、夢を持ち続ければいつかは叶う、そんなことがメディアで喧伝されるようになったのはいつのころからだろうか。有名なスポーツ選手、文化人、役者やコメディアン、それに企業経営者などが、メディアに登場し、しきりに夢について語る。

「自分は小さいころから夢を持ち続け、それに向かって努力し続けて、ついに、夢は叶った。みんなもぜひ夢を持って欲しい。夢に向かってがんばればいつか現実になる」

子どもたちは、そういったコメントを聞いて、夢を持たなければならないのかと考えるようになる。一種の、「合成の誤謬《ごびゅう》」だ。もちろん、夢を抱くのは悪いことではない。だが、成功者は、夢を持ち続けたというだけで成功したわけではないし、子どもたちに、夢を抱くことを結果的に強要することには違和感がある。夢の必要性、重要性について過剰とも思われる情報が流されるのは、実は、夢を持つのがむずかしい社会だからだ。社会に希望が充ちていれば、夢という言葉が多用されることはない。夢を持とうと呼びかけなくても、子どもたちは自然に将来についてポジティブに考えるようになる。

わたしは中学生たちに、次のようなことを話した。

「夢というより目標と言ったほうがいいかも知れないが、ないよりも、持っているほうがいい。しかし、自分には夢や目標がないからと、がっかりする必要はない。わたしが中学生のころ、夢も目標も、そんなことは考えたことがなかった。そんなことより、同級生の女の子とか、映画とか、音楽とか、あるいは、漫画を含めた読書とか、そういったことに興味があった。好奇心を失わず、興味があることに積極的に接していれば、いつか必ず何かに出会う。そのための時間を、あなたたち中学生は、とても多く持っている」

高齢化社会は悪なのか

近代化とは何か、という問いは興味深い。民主主義の確立、経済力と軍事力の充実、教育や医療や公衆衛生や交通・物流システムの整備など、回答は、多岐にわたるだろう。だがそれらすべては、結果として、国民の生命を守るために実現される。だから、近代化を果たした国のわかりやすい特徴として、平均寿命の長さが挙げられる。我が国の平均寿命は、一九二〇年代前半、男女とも五十歳未満だった。戦後すぐにそれが五十歳を超えて、以後着実に延びていき、二〇一二年現在では男が八十歳弱、女が八十六歳強である。人間が長生きするための条件はいろいろあるが、まず平和であることが重要となる。戦乱や内戦が絶えない国は当然平均寿命は短い。戦死だけではなく、医療・食糧不足による病死や餓死も多い。世界保健機関の二〇一一年のデータによると、世界でもっとも平均寿命が短い国はアフリカのシエラレオネで男女とも五十歳未満だ。

平均寿命というのは、正確に言えば「ゼロ歳時における平均余命」であり、乳幼児・新生児の死亡率が高いと、当然平均寿命は短くなる。たとえば日本の場合、一八九九年の乳幼児死亡率、新生児死亡率はそれぞれ一五パーセント強、八パーセント弱だったらしい。それが今では、〇・二パーセント、〇・一パーセントまで下がっている。つまり、近代国家とは、乳幼児・新生児の死亡率を下げることに成功した国だという言い方もできるわけで、その点では高齢化は必ずしも悪いことではない。近代化の成功の証でもある。

だが、高齢化という言葉にはネガティブな響きがある。少子化と組み合わせれば、「少子高齢化」という大きな課題が現れる。少子高齢化は、人口減少を招き、労働人口が減っていくとその国の経済力は衰退する。高齢化が進めば、医療費をはじめ社会保障費が高騰し、財政を脅かす。人口が集中する東京にいると気づきにくいが、たとえばわたしの故郷・佐世保に帰省すると、街の変わりように愕然とする。子どもの姿がなく、歩いているのはほとんどが老人だ。地方の現状はだいたい似ている。専門家によると、そういった高齢化の波は、やがて都市部にも波及し、首都圏でももうすぐ人口減少がはじまり、最後には東京でも同じような風景が見られるようになるのだそうだ。

戦後一貫して上昇してきた平均寿命だが、一九九五年と二〇一一年に若干の下落変動があるという。言うまでもなく、阪神淡路大震災と、3・11である。大規模な自然災害は平均寿命にも影響を与える。当たり前のことだが、大災害や世界恐慌などのカタストロフィは、少子高齢化よりもはるかに恐ろしい。そして、カタストロフィのリスクは、常にわたしたちを覆っている。

情報の取捨選択

情報化社会といわれて久しいが、その後インターネットが登場して、膨大な情報が閲覧できるようになり、格段に便利にはなった反面、「どのようにして必要な情報を選べばいいのか」などというような、以前にはなかった問題が指摘されるようになった。自分がどんな情報を必要としているかがわかれば、どんなに膨大な情報があっても、迷うことはない。どのような情報をどうやって入手すればいいかわからないという人の大半は、実は、自分がどんな情報を必要としているかわかっていない。「情報が多すぎる」というのは、わかっていないことの言い訳としてはとても都合がいい。

わたしは、小説などの資料において、ピンポイントでどんな情報が必要か把握しているので、取捨選択で迷うことはない。『半島を出よ』という作品は、北朝鮮の反乱コマンドが福岡を占領するという内容だった。なので、当然、北朝鮮関連の本にはほとんどすべて目を通したし、内閣府の反応が重要なパートを占めていたので多くの政府関係者に会って話を聞いた。ただ、小説では、北朝鮮の反乱コマンドに福岡を占領された政府が、首都を守るために九州を封鎖するという設定にしたので、「九州が封鎖されるとどんなことが起こるか」という想像力が必要となった。

注目したのは「物流」だ。封鎖された九州の人々が何を考えるかよりも、空と海と陸の物流が途絶えるとどんな事態が発生するのかのほうが重要だと思った。

そして、封鎖による物流の停止によって、どんな物資が欠乏するだろうかと考えた。食料や水、それに生活物資は九州圏内である程度自給できる。欠乏するのは医薬品ではないだろうかと仮定し、福岡を拠点とする医薬品卸し会社を取材した。現在、医薬品の流通は非常に限られた大手代理店に集約されている。町の小さな薬局が大手の医薬品チェーンに駆逐されたように、流通も数社の寡占状態になっている。

しかも、現在の流通は、コンビニに代表されるようにできる限り在庫を置かないようにしていて、ほとんどデイリーで配送される。医薬品も例外ではなかった。病院や医院にはできる限り余分な在庫を置かず、網の目のように分岐した物流網が整備されて、拠点センターから仕分けされ、配送される。そのような状況で、もっとも早く欠乏状態になると思われる医薬品はどんなものか、それを探る必要があった。そして、もっとも不足が深刻になるのは重症の腎不全に用いられる透析液だということがわかった。

必要とする情報を得るためには、自分がどんな情報が必要かを把握しなければならず、そのためには、想像力を駆使して、今取り組んでいる仕事において何がポイントになるのかを徹底的に考えなければならない。それさえできれば、情報の取捨選択というのは、非常に簡単である。

メンタルな強さ

昔の武将とか、戦争中の将兵などには、「豪傑」「豪胆」などと称される人物が多い。そういった人物は、かつてはビジネス雑誌などでよく特集されて、おじさんたちに人気があった。わたしは、そういった「豪傑」など興味がない。その他、任俠《にんきょう》映画や、政治家にまつわるエピソードなどでは、「肝が据わっている」「度胸がある」というような表現もよく使われる。

ブランデーのフルボトルを二本ほど空け、倒れることも、ふらつくこともなく、かえって元気になり、ちゃんと勃起して女に向かっていく、というような男はどう評されるだろうか。「豪傑」「豪放」といわれるかも知れない。だが、そんな男は、精神的な強さなどとは関係なく、肝機能が異常に強いだけ、ということも考えられる。

大学の薬学部などで行われるという、ある実験について聞いたことがある。数百匹のマウスに、ブランデーかウイスキーを適量注射する。人間の大人に換算するとフルボトル二本くらいの量らしい。ほとんどのマウスは、ふらついて倒れ、そのまま意識を失うか、死んでしまうこともある。だが、一匹か二匹、ふらつくことも倒れることも意識を失うこともなく、体力が落ちるどころか、高揚して、ケージ内を走り回り、メスにマウントするオスがいるのだそうだ。そんなマウスを「酒豪マウス」と呼び、肝臓を調べて、どのような酵素がどのくらい分泌されているか調べ、薬学的な研究資料として保存する。

「酒豪マウス」は豪胆でも豪傑でも豪放でもなく、単に肝機能が他に比べて異様に強いというだけだ。戦争で、敵の弾丸や砲弾が雨あられのように降り注ぎ、しかもあたりは地雷だらけというようなシーンでもまったく動ぜずに戦う兵士がいて、その脳を調べたところ、視床下部など瞬間的に危険を察知する脳の部位に異常が見られたというレポートを読んだことがある。

だが、一般的には、そういった兵士は「度胸がある」と評される。

メンタルな強さは、そういった度胸とは無縁で、いろいろな意味でのトレーニングを重ねるしかない。スポーツ選手だったら、「やれるだけ準備した」と思える質と量の練習をするしかないし、株主説明会に臨む経営者だったら、スピーチの内容と資料を何度も何度も吟味して、そのあとで納得がいくまで本番のシミュレーションをするしかない。

わたしも、心身が疲れているときなどに、「こんなむずかしいモチーフの小説が書けるわけがない」「明日の『カンブリア宮殿』の収録はだいじょうぶだろうか」と不安になることがある。そんなとき、頼りになるのは、過去の経験だけだ。「あのときも大変だったが何とかなったから今度も何とかなるだろう」そう思う以外に方法はない。生まれつきメンタルが強いという人はいないと思う。さらに言えば、常に強いメンタリティを持っているという人もいない。過去の経験、トレーニングを思い起こして、勇気を振り絞っているだけだ。

質問する能力

質問を考えるのは、簡単ではない。まずわたしたちは、子どものころから、そのためのトレーニングをまったくと言っていいほど受けていない。教師の質問に答えるための勉強と答え方は、トレーニングといえるほどのものではないが、それなりに経験する。「はい。何か質問はありませんか」と、授業で教師が聞くことはあったが、それはそのときの授業内容に関する質問に限られた。トレーニングの機会がないどころか、わたしが子どものころ、学校で質問が奨励されることはほとんどなかった。とくに、指示や命令に関する質問は排除される傾向にあった。

たとえば、小学生のころ、「今日は校庭の溝を掃除してもらいます」と担任の女性教師が指示を出して、わたしは、「どうして掃除しなければいけないんですか」と質問したのだが、いやな顔をされ、かつ無視された。さらにもう一度聞くと、「そう決まっているんだから、掃除しなさい」と素っ気なく言われ、「なぜそう決まっているんですか」と食い下がったら、見ていた男の教師が近寄ってきて、うるさい、と殴られた。そんな教育方針の社会で、質問する能力のある人間が育つわけがない。

わたしは、質問することに長《た》けているとよく言われるが、それは、だいいちに、子どものころから、疑問に思ったことをすぐ口に出して言ってきたからだ。両親には感謝している。子どもは、その特質として好奇心が旺盛なので、幼いころから、親を質問攻めにするものだ。わたしの両親は二人とも教師で、忙しかったにもかかわらず、どんな質問にも、ていねいに答えてくれた。子どもの好奇心を大切に培うために、どんな質問にも必ず答えるようにしていたんだと、あとになって父から聞いたことがある。わたしは「あらゆることに疑問を持ち、質問し続ける」子どもだった。

そして、質問するためには、ある程度の知識が必要になる。たとえば大きなトピックスになったSTAP細胞だが、専門家に質問するためには、幹細胞、発生と分化など、生物学に関するある程度の知識がなければいけない。「カンブリア宮殿」という経済番組において、わたしの主要な仕事は「質問すること」だ。質問のために、ゲストの資料をできる限り読み込み、事前に「想定質問」をリストにして、さらに収録前日の打ち合わせで、加筆・訂正・修正する。

薬学系のある大学で、もっとも人気がある教授がいて、その授業は、まず最初に、「はい、質問は？」と促されるのだそうだ。学生たちに質問がないと、「じゃあ、ここまで」と教授は途中で帰ってしまう。学生たちは、前日までに教科書を読み込み、質問を考えて授業に臨むことになる。一年間で、その教授が受け持つ学生たちの成績は格段に上がるらしい。

当たり前のことだが、質問は、何を知りたいのかを自ら把握し、そして正確に、相手に伝える必要がある。「あ・うん」の呼吸では、質問はできないし、質問の「技術」など存在しない。

地方の自立、その光と影

地方経済に、少しずつ変化が見られる。「カンブリア宮殿」のゲストにも、これまでには見られなかった地方企業が登場するようになった。彼らの特徴は、東京への憧れ、東京進出という目標を持っていないことだ。典型は、北関東でファミレスチェーンを展開する「坂東太郎」だろう。店舗拡大を優先せず、地域住民にどれだけ愛される存在になれるかを徹底的に考え抜き、温かで、どこか「ゆるい」雰囲気を、真剣に生み出して、地元では「三世代がいっしょに食事できる店」として熱烈に支持されている。それで、東京と神奈川には、当面進出する気はないらしい。

また「道の駅」という施設を利用して、直販で利益を上げている「農業集団」や「三セク」も、増えてきた。彼らは、「東京の大手コンサルや代理店、それにデベロッパーにコンセプトデザインを依頼すると必ず失敗する。また、首都圏から客を呼ぼうなどと考えず、地域商圏に徹することが重要」と口をそろえる。要は、東京の人間は地方のことがわかっていない、ということだ。

そういった流れは、まだサービス業に限られているが、今後はわからない。おもに食品や飲料だが、地方限定商品も増えているし、その地域の特質に合わせた生活用品や家電が生産される可能性もある。

「地方の自立」とまるで呪文のように繰り返されてきて久しいが、ここへ来て、やっと芽吹いてきた印象がある。東京に憧れない、中央政府には頼らない、という流れができつつある。四国・高松市で「シャッター通り」を見事に再生させた高松丸亀町商店街理事長の古川康造氏は、地方分権について次のように説明している。「地方分権とは、親子にたとえると、事業に失敗し会社を潰した親が、子どもに、もう仕送り（地方交付税による調整）ができないので、何とか自立してくれと、そういうこと」

地方・地域で、先見性のある人たちが、「もはや国には広く地方にばらまく金がない」という明らかな事実に気づきつつある、ということだろう。

しかし、一方で、「東京への憧れの消失」は、地方の若者たちから「野心」を奪うことになる可能性がある。東京の二流大学を出ても、競争社会で負け犬になる確率のほうが圧倒的に高い、という事実に気づき、最初から「競争」を放棄し、都市部での経済的成功よりも、地方における「家族・仲間的な絆」を優先して生きる若者たちが増えているという指摘がある。ある面、彼らは賢い。だが、地方、都市部を問わず、若者たちから、野心とかデザイア、つまり上昇への強い欲求が失われたら、どうなるのだろうか。日本全体のダイナミズムが失われるのではないか、というような懸念もあるが、ひょっとしたら、そんなものはもうとっくに失われているのかも知れない。

加齢と労働

少子化と、超高齢化で、将来的に労働力が不足し、生産力が激減するということで、移民の受け入れと並んで、高齢者の雇用延長、再雇用が奨励されるようになった。定年も一九七〇年代には五十五歳だったものが、その後六十歳、さらに、改正高年齢者雇用安定法により、六十五歳までの雇用確保が定着しつつある。そもそも定年制は、十九世紀のドイツではじまったという説が有力らしい。「鉄血宰相」ビスマルクが、社会主義や労働運動を弾圧したが、その補完的政策として、公的健康保険など社会保障制度を整備したと言われている。十九世紀末、世界初の老齢年金制度を作り、支給年齢を七十歳としたことから、七十歳を定年とする動きが広がっていったのだそうだ。ただ、当時のドイツの平均寿命は五十歳未満であり、七十歳定年には大した意味がなかったという指摘もある。

アメリカのように定年制がない国もあるが、日本の定年がどうやって決められているのか、わたしにはよくわからない。おそらく平均寿命から算出されているのかも知れない。長く続いた「五十五歳定年制」だが、日本人の平均寿命が四十歳代前半だった二十世紀初頭に、日本郵船が設けた社員休職規則が起源という説が有力だ。今や、平均寿命は八十歳を超えているわけだから、六十五歳まではもちろん、ひょっとしたら七十歳、いや七十五歳までは働けるのではないか、というったムードがあるように思う。そしてメディアは、「いくつになっても働きたい、現役でいたい」という人々を好んで取り上げる。働いてこそ幸福、という世論が醸成されつつある感じもする。

だが、果たして、歳を取っても働くべきという考え方は正しいのだろうか。「村上さんは会社勤めじゃないから定年なんかなくていいですね」と言われることがあり、「まあ、そうですけどね」とか曖昧に対応するが、内心「ほっといてくれ」と思う。

パワーが落ちてきたのを実感し、「もう働きたくない」という人だって大勢いるに違いない。「ゆっくり、のんびりしたい」と思っていて、経済的余裕があれば、無理して働く必要はないと個人的にはそう思う。さらに不可解なのは、冒険的な行為に挑む年寄りを称賛する傾向だ。歳を取ったら無理をしてはいけないという常識は間違っていない。冒険なんかされると、元気づけられるどころか、あの人に比べると自分はダメなのではないかと、気分が沈む。勘違いしないで欲しいが、年寄りは冒険をするなと言っているわけではない。冒険するのも、自重するのも、個人の自由であって、一方を賛美すべきではないということだ。
わたしは、六十歳を過ぎた今でも小説を書いている
ことに対し、別に何とも思わない。伝えたいことがあ
り、物語を構成していく知力がとりあえずまだ残って
いて、かつ経済面でも効率的なので、書いているだけ
で、幸福だとか、恵まれているとか、まったく思った
ことはない。「避ける」「逃げる」「休む」「サボる」そ
ういった行為が全否定されているような社会は、息苦
しい。

物流を守れるか

先月、NHKの土曜ドラマで、わたしの原作による『55歳からのハローライフ』が五話連続でオンエアされた。五話それぞれに思い入れがあるが、その中の「トラベルヘルパー」という一話の取材で驚いたのは、現在のトラックドライバーのあまりに過酷な労働状況だった。そもそもトラックドライバーには親しみがある。昔デビューしたばかりのころ、地方の飲み屋などで、よくトラックドライバーに間違えられた。まだ二十代後半で、スーツなど着ることがなく、革のブルゾンで、長髪だからホワイトカラーには見えないし、かと言って作家というイメージとはほど遠かったのだろう、ホステスたちから、「トラック運転手でしょ?」とよく言われたものだった。

当時、つまり一九七〇年代末は、トラックドライバーにとって良い時代だった。そもそも大型免許の取得者の絶対数が少なく、業者数も今よりはるかに少なく、しかもまだ高度経済成長の余韻が残っていて仕事も多かった。大学卒の銀行員より稼げたという。だが、今は違う。運送会社は、頂点に大手が君臨し、実際にトラックを走らせているのは、ほとんどが下請け、孫請けの中小零細企業だ。運賃は叩かれるだけ叩かれる。通称「水屋」と呼ばれる、荷物と運送会社を仲介する荷物取扱業者がいて、コンピュータを使って荷物や空きトラックの情報を仕入れ、低コストを最優先に仕事を発注する。

中小零細の運送会社は無数にあって競争が非常に激しいので、取扱業者には頭が上がらないし、言い値で運ぶしかない。驚いたのは、たとえば関東から関西への長距離運送の場合、夜間便以外には高速代が出ないので、夕方六時に出発だと、何と一般道を走るのだそうだ。途中一時間半程度の食事と仮眠休憩をとり、だいたい十二時間くらいかかって、早朝に関西の納品先に着く。帰り荷を積むために関西圏を移動して積み地に着き、また夕方から一般道を関東まで走る。

物流は、経済の血管のようなもので、とても重要だが、近い将来、トラックドライバーの絶対数が不足するらしい。理由ははっきりしている。給与が安く、過酷だからだ。東日本大震災の直後の被災地を想起するまでもなく、物流が止まれば、あっという間に生活必需物資が枯渇する。だから、現在の日本では、経済成長のない、自給自足みたいな素朴な暮らしというのは寝言に過ぎない。外貨がなくなって原油が買えなくなれば、物流が途絶え、食料生産地から東京などの消費地まで運ぶことができなくなる。すぐに飢えや暴動が起こる。トラックドライバー不足を、自動運転のロボットが補うのは当分無理だ。わたしは、睡魔に襲われながら一般道を走るトラックドライバーを想像するたび、シンパシーを覚えるとともに、悲劇の予兆を感じる。

IT・情報技術のフロンティア

インターネットをはじめとするIT・情報技術は、人びとの予想をはるかに超える速度で進化してきた。一九九五年春、歴史を作ったOSであるウィンドウズ95がまだ発売される前、わたしは、アメリカ東海岸とキューバで『KYOKO』という映画を撮った。編集は、同年秋に、ロスで行った。プロデューサーが「B級映画の帝王」とも呼ばれるロジャー・コーマンで、彼がいつも使う編集スタジオがロスにあったからだ。そのスタジオで、わたしははじめてPCによる映像編集に触れることになった。フィルム映像をビデオに変換し、外付けHDD、つまりハードディスクドライブに収め、編集していく。今ではごく当たり前のやり方だが、当時は新鮮だった。忘れられないのは、編集担当の長髪の若者が、タワー型のＨＤＤを自慢したことだ。

このハードディスクには何と二〇〇ギガの映像情報を収めることができる、彼はそう言った。そして、わたしが、値段は？　と聞くと、だいたい二万ドルだよ、いい値段だ、と両手を広げて笑って見せた。スタジオにはそのタワー型のハードディスクが五台並んでいて、これだけで約一〇〇〇万円かと、わたしはため息をついた。

だが、今、たとえばポータブル型で、五〇〇ギガという容量のHDDは、一万円以下で買える。二テラでも二万円以下だ。九五年当時一ギガ約一万円だったものが、現在は一〇円になってしまったということになる。そのころ、まだiPhoneは影も形もなく、Facebookはおろか、YouTubeもGoogleも存在せず、Yahoo!がそろそろ立ち上がろうとしていて、Amazonはサービスを開始していなかった。

あれから二〇年しか経っていない。だが、その進化と広がりの速度は、「一万円が一〇円」という価格にも象徴されている。同時代を生きてきた人々には当然だと映るかも知れないが、以前の、蒸気・内燃機関や電気などと比べると、その尋常ではないスピードがよくわかる。たとえばGoogleは、地球上すべての情報をアーカイブにし、全世界のあらゆる街角を可視化しようとしている。

だが、これまでのようなスピードは、これからも続くのだろうか。次のトピックスは、ロボットとも、グーグルグラスなどのウェアラブルとも言われている。おそらく進化が止むことはないと思う。だが、進化の速度は維持できるだろうか。つまり、広大なフロンティアはまだ残っているのだろうか。スマートフォンとタブレット型端末は確かに革命的だった。これまでそんなものは存在しなかった。しかし、「これまで存在しなかった」ような製品やサービスが、これからも、これまでのようなスピードを維持して開発されるだろうか。ビジネスシーンでは、「開発されるはず」という前提に立っているように思える。だが、フロンティアは永遠でもないし、無限でもない。ITのフロンティアの限界が見えてきたときに、世界がどう変わるのか、わたしは想像力を巡らせている。

イノベーションとは何か

イノベーションという言葉で、わたしが真っ先に思い浮かべるのは、オムロンの創業者である立石一真《かずま》だ。オムロンは、電子血圧計や体温計がよく知られているが、他に、たとえば「現金自動預け払い機（ATM）」「POS（point of sales）システム」「自動改札機」など、社会生活を一変させるような機械・システムを開発している。

「彼ほど技術について造詣《ぞうけい》が深く、その方向性とイノベーションについて明確なビジョンを持った人を他に知らない。生命科学が、医薬から医療用エレクトロニクスへと転じていくことを1960年ごろにすでに見抜いていた最初の人物だった。また1970年代にはすでにインターネットの出現も予言していた」

ピーター・ドラッカーによる、立石一真の伝記『「できません」と云うな』（湯谷昇羊著・新潮文庫）への献辞の一部だ。ドラッカーと立石一真の交流は約三〇年に及び、国際経済・経営と、エレクトロニクス、それぞれの最先端の情報を交換し続けたという。

立石一真という稀有《けう》な技術者・経営者を知るまで、わたしは、イノベーションというのは単なる技術革新のことだと思っていた。立石一真によると、真のイノベーションとは、科学の発展と、技術の進歩、それに社会、その三つが「相互に関係し合うような変化を生み出すこと」である。そういった真のイノベーションは、社会と生活をまったく新しく変えてしまう。ATMと自動改札機、その二つを例として挙げるだけで充分だろう。

最近の例で言えば、携帯電話、それにS・ジョブズとAppleが生み出してきたiPod、iPhone、iPadなどがその典型だ。それらは社会と生活を一変させた。それでは、イノベーションは何によって生まれるのだろうか。iPadのような「これまでまったく存在しなかった」ような製品でも、そのアイデアと技術開発の基本は、「組み合わせ」だと、わたしは個人的にそう考える。地球上にすでにある素材を用いて、すでにある技術、知識を独自に組み合わせて新しい技術と知識を獲得していき、「それまで見たことのなかった」製品を生み出す。

そしてそれらにもっとも必要とされるのは、「実行力」だ。つまり、不可能に思えることに、当然のことのように挑戦する意志と、実現に向けて費やされるエネルギーの総量である。「7：3の原理」、立石一真は、そう呼んでいた。成算が七割あればとにかく実行する確固たる精神のことだ。実行は簡単ではない。リスクもあるし、コストもかかる。失敗したら会社が潰れることもある。どんな人間がイノベーションに向いているのか、そんなことはどうでもいい。これまで偉大なイノベーションを生み出した人物の共通点はただ一つ、「実行した」ということだ。

観光立国への道

一九八八年、欧州のＦ１レースを全部取材した。当時のわたしは、モータースポーツを通してヨーロッパのことを知ろうとしていた気がする。Ｆ１の前はテニスだった。Ｆ１と同時期、パリ〜ダカールをはじめとするラリーも取材した。そして九〇年のサッカーＷ杯イタリア大会で、スポーツを通してヨーロッパを知る旅はだいたい終わりを告げた。そのあと、キューバに出会ったからだ。

ヨーロッパでＦ１を開催する国はたいてい高速道路が整備されて、隣国までそれほど遠くないので、わたしはレンタカーで各国を回っていた。サーキットを回るうちに、いろいろな国のモータージャーナリストと親しくなった。欧州ラウンドが終わり、次は日本GP、というとき、イタリアの記者から聞かれた。

「成田から鈴鹿サーキットまでどうやって行けばいいんだ?」

彼は成田空港でレンタカーを借りるつもりらしかった。どう説明すればいいだろうと考えた。当時は東関道がなかったので、成田からまず京葉道路を走り、首都高速に入り都心環状線に乗って3号線から東名高速に乗り、鈴鹿ICで降りて、県道27号線を行き、どこからか忘れたが県道637号線に入って、そのあと何度か右折と左折を繰り返せばサーキットに着く、みたいなことは、あまりに面倒だったので、「成田空港から出れば『鈴鹿サーキット』という標識が出ているので、それに従って走ればだいたい六、七時間で着くよ」と嘘をついた。今だったらナビがあるが、英語版を装備したレンタカーがどのくらい用意されているか不明だ。

世界文化遺産に登録された富士山に行きたいという外国人の友人に、どう説明すればいいのか、わたしは自信がない。日本が、外国人観光客に対して特別に不親切だと言いたいわけではない。ただ、わたしたちは、「外国人の立場で」ものごとを考えるのがあまり得意ではない。流行語になった「おもてなし」の本質は、心情ではなく、システムなのだ。

政府主導で「観光立国」が実現するだろうか。そもそもわたしたちは、どうしてパリやローマに行きたいと思うのだろうか。歴代のフランス、イタリア政府が観光立国を目指したからではない。わたしたちは、書物・文学、絵画や音楽、そして映画を通じて、ある国や都市や地域に、憧れを持つ。その昔、映画『ローマの休日』を見て、いつかスペイン広場でジェラートを食べるぞと思っていたし、『タクシードライバー』を見て、最初の海外はＮＹと決めた。観光には、ロマンが関わる。ロマンを生み出し、外国の人に伝えることができるのは、政治ではない。文化の力だ。

人口減少と晩婚・未婚化

少子高齢化と人口減少が日本にとって重大な問題となっている、そういった指摘はメディアにあふれ、政府も歯止めをかけようといろいろな対策を考えているようだ。だが、なかなか危機感を持ちづらい。国交省は、二〇五〇年には日本の人口は一億人を割り込んで約九七〇〇万人となり、国土の六〇パーセント超が無人地域になると発表した。確かに大変なことなのかも知れない。だが、二〇五〇年には、わたしは間違いなくこの世にいない。人口が九七〇〇万人となり、さらに超高齢化社会となった日本をイメージするのも簡単ではない。無責任だと言われるかも知れないが、二〇五〇年の日本のことを憂う時間があれば、わたしは来週締め切りの原稿を書くだろう。

人口減少で何が問題となるのかを考えてみる。食料やエネルギーが少なくてすむので、それほど悪くないのではないかと、つい考えたくなる。だが、たとえば、戦争には不利になる。同程度の武器と装備を持っていると仮定すると、人口五〇〇万人の国家より、人口五億人の国家のほうが圧倒的に有利だ。

だから大国はさらに欲を出して他国を併合したがり、小国は何とか戦争を避けようとする。戦争ではなく経済活動はどうだろうか。同程度の生産設備と技術があれば、やはり五〇〇万人の国家より、五億人を擁する国家のほうがGDPにおいて圧勝する。少数精鋭という言葉があるが、精鋭を産み育てるのも、人口が多いほうが有利だ。国民全員のIQが非常に高いという国は存在しないので、人口が多いほうが頭脳明晰《めいせき》な人間の絶対数が多いということになる。政府が、何とか人口減少を止める、あるいは人口を増やそうとしているのは、だいたいそんな理由なのだろう。

しかし、人口を増やすためには、女性が子どもを産まなければならないが、そもそも出産適齢期の女性が減っているために単に出生率を上げるだけでは足りないし、さらに晩婚化・未婚化が進行している。政府は、少子高齢化で労働者数が減り続けるのを補うために、女性にも、また年寄りにも「どうか働いて」と願っているようだが、それは人口減少を加速させる。女性の意識変化、社会進出の増加は、結婚・出産を、「幸福にとって不可欠」から「選択肢の一つ」に変えてしまう。要するに、政府は、結婚・出産適齢期の若い世代の女性に、「子どもをたくさん産んで」と「働き続けて」という相反することを同時に求めていることになる。

人口減少を止め、可能なら人口を増やすために、自分にできることは何もないと気づいた。とっくに還暦を過ぎたので、子どもを作るわけにはいかない。周囲の女の子たちに、子どもを産みなさいと説得する時間的余裕も意欲もない。そして、「たくさん子どもを作りましょう」というテーマの小説など書く気もないからだ。

増税延期、その心理的影響

この原稿が活字になるころは総選挙（二〇一四年十二月）の結果が出ている。きっと自民党は過半数を獲得するだろう。民主党は議席を多少伸ばすだろうが大した影響力は持ち得ないだろう。野党は弱体化したままだろう。投票率はかなり低いはずだ。何のための総選挙なのか、わたしを含め、多くの国民はわからなかった。

デフレからの脱却を掲げてはじまったアベノミクスだが、本当にデフレが終焉に向かっているのか、たぶん誰もわからない。「第一の矢」である日銀の「異次元の金融緩和」が、将来的に適度なインフレをもたらすことができるのか、それも誰もわからない。「第二の矢」は財政出動で、その成果もよくわからない。「第三の矢」は成長戦略だが、具体化していないものが多いし、企業減税、農業・医療改革など、政策が具体化してから変化が現れるまで、少なくとも五年や一〇年はかかる。だから、要するに、何がどう変わるのか、結局まだ誰もわからない。

ただ、消費税増税の延期は、具体的案件なので、どんな影響があるか、予測できる部分がある。決定事項だった消費税率の引き上げが延期されたということは、経済状況が思わしくないと政府が判断したということだ。アベノミクスが順調に進行し、「好循環」の予兆のようなものがあれば、延期の必要はない。そのくらいのことは誰だってわかる。

そもそも、成功したという指摘も少なくない「第一の矢」、つまり「異次元の金融緩和」は、実際にインフレを起こすというよりは、企業や家計に「インフレ期待」を抱かせるのが目的だった。「インフレになりそうだから今のうちにお金を使おう」という気分にさせて、設備投資・消費を喚起し、連鎖的な物価高と賃金上昇がはじまって、雇用が安定的に増加し、理想的な循環が生まれる、そういった「読み」だった。いずれにしろ、「期待」を醸成するためのものだった。

消費税増税の延期は、そういった期待を、間違いなく削《そ》ぐだろう。「消費税の増税が延期されたから、さあ、お金を使うぞ」という人はほとんどいない気がする。だいたい、大多数の国民がこれまでお金をあまり使わなかったのは、デフレのせいではないという説のほうが有力だ。単に、使えるお金が不充分だった、というのが消費が冷え込んだ理由として正しいように思える。

与党は、過半数を維持し、これまで通りの勢力を保つことができるだろう。だが、削がれてしまった「期待」は、元に戻ることがない。「出口が見えない」という閉塞感は、今後さらに強まるかも知れない。皮肉なことに、日本の民度は格段に向上している。だまされて、安易な期待を持つような人は、階層に関係なく、もう存在しない。

理想の住まいとは

どういうわけか、住宅のＴＶＣＦでは、住人たちがみな笑っている。ＣＦは短いので、何がおかしくて、あるいは何が楽しくて笑っているのかはわからない。祖父母らしい高齢者と、孫らしい幼児や子どもがいっしょに笑っている絵柄も多い。この人たちはどうしてこんなにうれしそうに、また楽しそうに笑っているのだろう、それほど笑いたいのだろうか、とわたしはいつも不思議で、怪訝な気持ちになる。

一般的に「理想の住まい」というのは存在するのだろうか。狭くて、汚くて、うるさくて、暗くて、ろくな家具もない、というような住まいが最高だという人はいないだろうが、広大な屋敷は落ち着かないし、掃除も大変そうだからいやだという人は少なからずいるだろう。畳の日本間が好きな人もいるだろうし、高層マンションがいいという人も、それなりの広さの庭が欲しいという人も、都心に近いほうがいいという人も、窓やテラスから海が見えるべきだと考える人もいるだろう。つまり、住まいとは、それなりの広さ、清潔さ、静かさ、明るさ、それにそれなりの家具や調度品という最大公約数的な基準はあるにしても、結局は個人の好みの問題だということになる。

わたしは「理想の住まい」など考えたことがない。

原稿が書けるスペースと、プライバシーがあればそれで充分だ。空気が薄い場所が苦手なので高地の山小屋とかは勘弁して欲しいし、最近騒音が嫌いになったのである程度の静寂は欲しいし、都内での仕事が多いので東京から離れた場所も不便だが、他にはあまり希望がない。

大衆的なメディアでは、富裕層の経営者や、文化人や芸能人の住まい、別荘を紹介することがある。他人の住まいを見て、いったい何が楽しいのだろうか。また自分の住まいや別荘という「プライバシー」を不特定多数の人に紹介してもいい、公開してもいい、という人の神経がわからない。

「理想の住まい」などどうでもいいが、住まいを考えるときに絶対に必要なことがある。まず一人暮らしの場合は「何をして過ごすのか」が基本となる。そして同居人がいる場合は、「誰と、どのような暮らしを営むか」が優先される。そういった重要性に比べると、フローリングか、畳かなど、まったくどうでもいいことに思える。冒頭に書いた住宅メーカーのＣＦに満ちあふれる「笑顔」は、おそらくそのことを象徴しているのだろう。ただし、すばらしい住宅が大前提的に「家族や同居人の笑顔」を保証してくれるわけではない。家族だろうが、同居人だろうが、信頼関係がない人とはいっしょに住めない。どんな豪邸でも関係ない。「理想の住まいとは？」などと考えるヒマがあったら、どうやって家族や同居人との信頼を築くかを考えたほうがいいのではないだろうか。

歴史に学ぶ

「歴史を学ぶ」と「歴史に学ぶ」ではニュアンスが違う。わたしは、実は「歴史を学ぶ」ことには興味がない。歴史学という学問があるし、歴史そのものを研究したり学んだりすることには大きな意義がある。だが、歴史は、時代区分や国家・地域など、茫漠《ぼうばく》としていて、かつ情報量は膨大だ。たとえばローマ帝国の歴史だけでも、全貌を知るには、何年、ひょっとしたら何十年とかかるし、研究対象として考えると生涯を費やさなければならないだろう。

わたしは基本的に、小説のための「取材」として歴史書を読む。つまり「歴史に学ぶ」のだ。二〇年近く前、当時本格的に普及しつつあったインターネットを主要なモチーフとする小説を準備していて、ヨーロッパの中世史を集中して読んだ。そのころ、インターネットが世界を中世化する、つまり国境の概念が中世に戻るというような説があったからだ。そんな説はいつしか消えてしまった。しかもヨーロッパの中世史は複雑すぎて、一〇冊ほど読んだところで、匙《さじ》を投げた。だが、記憶に残っていることは多々ある。イギリスにヘンリーという名前は多いが、それがフランスだとアンリになり、ドイツだとハインリッヒ、イタリアだとエンリコ、スペインだとエンリケだと知って、EUを見る目が変わった。

あと、戦記は好きだ。「Discovery CHANNEL」の『世紀の戦車対決』という番組は面白かった。エル・アラメイン、スターリングラード、クルスクなど、歴史に残る大戦車戦を、当時の記録フィルムと関係者の証言、それにCGを組み合わせて再現する。当たり前のことだが、戦車戦には工業力が不可欠で、たとえばドイツと旧ソ連の工業技術に関する価値観の違いなども興味深かった。

最近では、『オールド・テロリスト』という最新作の資料として、旧満洲についてかなりの本を読んだ。

旧満洲、ヨーロッパ中世、戦車戦と並べるだけでも明らかだが、わたしの歴史への興味は断片的というか、連続性・統一性がない。だが、「歴史に学ぶ」という姿勢は重要だと思う。歴史はいろいろな角度から眺めることができるので、自分好みの逸話、史観だけを選択しがちだ。しかし小説の取材として歴史に対すると、客観的な事実だけを把握しなければ意味がない。

近年、良質な歴史研究書が増えていると感じる。不正確な歴史書は淘汰され、減りつつあるように思う。わたしたちは、歴史を主観的にとらえたがる傾向があるが、歴史は元来、残酷で冷徹な事実の連なりである。

定年というシステム

作家には定年がない。それがいいことか、悪いことか、どちらとも言えない。小説やエッセイを書くことでまともな生活ができている作家は、日本に何人くらいいるだろうか。定年がないことを幸福だと感じるのは、勤め人が定年に達する年齢になっても、創作意欲と、作品への社会的需要があり、充分な収入を得ている作家だけかも知れない。

わたしは個人的に、自分に定年がないことに対し、何も感じない。定年がないことより、伝えたいモチーフがあり、社会的需要があると思われる小説のアイデアがあるかどうか、そっちのほうがはるかに重要だからだ。俗に言う「書けなくなった作家」だったら、少なくとも定年までは働くことができる勤め人、大企業の正規社員をうらやましいと思うだろう。

だが、そういった本質的なことは、実は作家に限らない。「定年など関係なく、いくつになってもばりばり働きたい」「定年になったら庭仕事など趣味を活かしてのんびり暮らしたい」どちらが正しいのか、そんな問いに意味はない。

「どのくらい稼いでいて、どのくらいの資産があるのか」「どのくらい会社に必要とされているのか」「定年退職しても老後の生活は万全なのか」そういった問題のほうがはるかに重要だ。

定年は必要か、定年後は何をするか、などと考えたり悩んだりする人は、たぶんどちらかと言えば少数で、恵まれている層だと思う。「いつ会社が倒産するかわからない」「いつ解雇されるかわからない」「再就職できるかどうかわからない」「退職後、どうやって家族を養い生活していけばいいのかわからない」わたしは、『55歳からのハローライフ』という作品の取材を通して、そういった不安とともに生きている人のほうがはるかに多いと実感した。

この雑誌は、成功を願う人をターゲットとしているので、紹介されるのはおもに成功者のライフスタイルと、成功者が好むファッション、時計、レストランなどで、老後に不安を持っている人はほとんど無視される。批判しているわけではない。そういう雑誌があってもいい。問題は、本誌に限らず、ほとんどのメディアが、「弱者」をフェアに扱う文脈を持っていないということだ。そういった社会は、生産性の向上に必須の「想像力」が欠如している。したがって、結果的に、衰退の一途を辿る。

我慢に利益はあるか

「我慢」は、嫌いな言葉のワースト3に入る。自慢にも何にもならないが、わたしはずっと「我慢ができない子ども」だったし、今は「我慢ができない男」と近くにいる人々から言われている。もう少し我慢を覚えないと生きていけないぞ、と教師から言われ続けてきて、両親からも「我慢を覚えないと成長してから苦労するぞ」と言われながら育った。

ただ、我慢にもいろいろある。トイレがない場所では、乳幼児以外は尿意や便意を我慢しなければならない。また、通りがかった女性の胸と脚があまりにきれいで魅力的で、触れたいと強く思っても、了解を得ずに触ってしまうと、それは犯罪となる。言うまでもないことだが、わたしは尿意を催したからと、我慢せずに往来でオシッコをするわけでもなければ、知らない女性の脚に突然抱きついたりするわけでもない。わたしが我慢しなかったのは、おもに「面倒くさいこと」「苦しいこと」などである。たとえば、校庭の雑草を取れ、と教師に命じられて、はいと応じるのだが、数分で飽きて止めるとか、体育の時間のロードレースの練習で五キロのコースを走るような場合に「息が苦しいから」と一〇〇メートルで走るのを止めて歩くとか、そんな感じだ。単なる弁解だが、校庭の雑草を取らなくても誰も死なないし、傷つきもしない。呼吸が苦しくなっても走るという行為を、わたし自身が選んだわけではない。わたしは、意に反して命じられたのだ。「命令される」「指示される」「強制される」というのが、まず最初からダメで、それらが届いた時点でモチベーションが音を立てて崩壊していくのが自分でもわかる。

だが、わたしも我慢するときがある。コミュニケーションにおいてだ。どうにかして自分の気持ちや考えを伝えなければならないが、まだ伝わっていない。今も不快な思いをしていて傷ついてもいる。しかも今後も伝わるという保証などない、そんな場合でもわたしは我慢してコミュニケーションを続ける。絶対に切れたりしないし、あきらめもしない。たぶん「コミュニケーション」によって、これまでサバイバルしてきたのだろう。「これを我慢しないと生き延びることができない」我慢に意味があるのはそういった場合だけだ。

あとがきに代えて

小さな経済圏について

空気を読む、という言葉はいまだに死語になっていない。広まるのも非常に速かった。最初、わたしは意味がわからなかった。「空気」は透明で、読むどころか、見ることもできない。そもそも空気は吸うもので、見たり、読んだりするものではない。要するに、わたしは、「空気を読む」という共通理解から外れていて、それこそ「空気を読む」が意味するところの「空気」を読めなかった。

「空気を読む」という日本社会に広く定着した概念は、異文化と接すると効力を失う。たとえば外交の場で、交渉の「空気を読んで」方針を決めたり、条約を結んだりすると、とんでもないことになる。「相手国はこう思っているに違いない」という思い込みや希望的観測は、外交を誤らせる。できうる限り情報を集めて分析し、徹底して相手国の立場に立って想像力を巡らす、というのは「空気を読む」という意味合いからもっとも遠いものだ。「空気を読む」のが容易というか、可能かも知れないのは、コミュニケーションする相手の背景に、自分と「同質」な文化と考え方がある場合だけだと思う。

唐突だが、話題を変える。「カンブリア宮殿」で気づいたのだが、「小さな経済圏」を作る動きが少しずつ広がっている気がする。四国のある農協は会社を創り、地元の農水産品を仕入れ、一部を地元の業者に委託して加工食品にして販売し、レストラン事業も展開する。都下のある食品スーパーは、全国の無農薬生産農家と組み、また全国を回って食の隠れた名品を探し、どこにもない店舗を創り出した。ある食品卸は、小さな飲食店を顧客として一〇〇〇円という小ロットから食材を提供し、街中の商店街が復活したかのようなビジネスを大成功させている。共通しているのは、国や大手への依存がなく、独自のネットワークによる「小さな経済圏」を成立させていることだ。

「一人勝ちを目指す時代は終わった」と彼らは感じている。生き残るためには、強者に頼ることなく、自らの利益を優先せず、理念を共有し、信頼に基づいた「共生」が必要だということだ。それが、今のもっとも新しいムーブメントだと、個人的にそう思う。残念ながら、そういったビジネスモデルを個人に当てはめることはできない。だが、確かなのは、一人では生きていけない時代、組織に依存しても安心できない時代になってしまったということだ。「空気を読む」とか、あるいは「おしゃれ」について考えるとか、そんなことより、「小さな経済圏」に思いを巡らすほうが、数万倍、合理的である。

初出　本作品は「GOETHE」二〇一一年四月号より二〇一五年九月号に
連載されたものをまとめたものです。

JASRAC　出　5080822-501

帯写真撮影　小川　拓郎
ブックデザイン　鈴木成一デザイン室

著者紹介　村上　龍
一九五二年長崎県生まれ。
七六年「限りなく透明に近いブルー」で第七五回芥川賞受賞。
「コインロッカー・ベイビーズ」で野間文芸新人賞を受賞。
仕事の百科全書『13歳のハローワーク』は一三〇万部を突破するベストセラーに。
二〇〇五年「半島を出よ」で野間文芸賞、毎日出版文化賞を受賞。
最新刊は『オールド・テロリスト』。

おしゃれと無縁に生きる

二〇一五年八月五日　第一刷発行

著者　村上　龍
発行者　見城　徹
発行所　株式会社　幻冬舎
〒一五一-〇〇五一　東京都渋谷区千駄ヶ谷四-九-七
電話　編集〇三-五四一一-六二一一
　　　営業〇三-五四一一-六二二二
振替　〇〇一二〇-八-七六七六四三
印刷・製本所　中央精版印刷株式会社

ISBN978-4-344-02798-5 C0095
Printed in Japan
幻冬舎ホームページアドレス http://www.gentosha.co.jp/
この本に関するご意見・ご感想をメールでお寄せいただく場合は、
comment@gentosha.co.jp まで。

詩歌の植物

アカシアはアカシアか？

高階杞一
Takashina Kiichi

澪標

詩歌の植物　アカシアはアカシアか？　＊目次

装幀　森本良成

詩歌の植物　アカシアはアカシアか？

1　アカシアはアカシアか？

昔、ある詩誌に載っていた詩を読んでいて、その中に出てくる植物名にひっかかった。あれ、こんな植物あったかな、と。それは郷原宏氏の次の詩に出てくる。

さびしくて
さびしさの根にあるものが知りたくて
昼間ひとり
銀座通りを歩いてきたよ
大手町から電車に乗って
日比谷で降りて
有楽街をぐるっと回って

山手線のガードを越えて
泰明小学校の前に出たよ
マクドナルドのハンバーガーは買わずに
白いビルに沿って左に折れると
数寄屋橋は緑で
ニセネムノキが風に吹かれていたけれど
さびしいのはもちろん
ニセネムノキでも
風のせいでもないよ

（「小景異情」前半）

ニセネムノキというのは何だろう？
だいたい街路樹に使われる木というのは、街中の悪条件にも耐えられるような木と相場が決まっていて、それゆえ樹種も限られている。ケヤキ、プラタナス、イチョウなど、多くて二十種までである。だからちょっと木を知っている者ならば、その特徴を聞いただけで何の木か想像がつく。それほど一般的な木なのに、この「ニセネムノキ」というのは名前すら聞いたことがない。東京の都心で、そんなに特殊な木を街路樹に使っているとも思えない。そこでこれはニセアカシアの誤りではないかと思われた。

ニセアカシア――マメ科ロビニア（Robinia）属の落葉高木で、ハリエンジュともいう。その別名のとおり、エンジュに似た木で、枝に針のようなトゲがある。初夏の頃、枝先に白い房状の花を垂れる。ニセアカシアという名は、学名の種小名Pseudo《プソイド》-Acacia《アカシア》（にせのアカシア）の訳から来ているのだが、本物のアカシア（マメ科アカシア属）とは葉の形も花の色も違い、見た目にはまったく似ていない。それにも関わらず、学名に「にせのアカシア」と付けられたのはどういうわけだろう。普通、にせ札、にせ物などという場合、本物にきわめて似ているものを指す。しかし、ニセアカシアは今書いたようにア

ニセアカシア

カシアとは似ていない。もし「ニセ」と冠するのであれば、ハリエンジュをニセエンジュとする方が字義に合っている。たぶんこのPseudo-Acacia《プソイド アカシア》という種小名を付けたのは植物分類の基礎を確立したリンネだと思われるが、リンネはニセアカシアの葉や花ではなく、アカシア属でしばしば見られる[*1]トゲ状化した托葉《たくよう》（葉柄の基部に見られる一対の葉的な器官）に注目したのではないかと思われる。アカシアに似てトゲがあるが、アカシアではない。つまりニセのアカシアであると。ちなみにアカシアの属名Acaciaは、古代ギリシャ名、akazo（鋭い）またはakantha（棘）に由来するとされている。

　ここで少し学名の話をすれば、学名は基本的に属名＋種小名からなる。新種が発見された場合はこのあとに発見者の名が付いたりする。種

アカシア（ギンヨウアカシア）

小名にはその木を特徴づける言葉が付けられる。

ニセアカシアの属名Robiniaは、フランスのアンリ4世時代の宮廷庭師ジャン・ロバン（Jean Robin 1550–1629）が一六〇〇年にアメリカ原産のニセアカシアを輸入し、息子のヴェスパシアン・ロバン（Vespasien Robin 1579–1662）がそれをヨーロッパに広めたことから、リンネがこの父子の功績をたたえて献名したことによる。ロビニア属は和名でハリエンジュ属と記されていることが多いが、ニセアカシア属と言っても同じ。

このようにニセアカシアとアカシアとは全く別の植物であるが、日本ではニセアカシアをアカシアと呼び、それがひろく通用している。なぜこのような間違いが起こったのか。

理由のひとつは、本物のアカシアよりも先にニセアカシアの方が全国各地に普及したことによる。両種とも明治の初め頃に日本に入ってきたが、ニセアカシアの方がその実用的な価値（砂防や土壌改良用）の高さと非常な繁殖力の強さとによって瞬く間に広まっていった。その結果、まずこの木がひろく知られるようになり、さらに日本語固有の短縮作用が働き、ニセアカシアのニセをはずして単にアカシアと呼ぶようになったのではないかと思われる。ハナショウブを単にショウブと呼ぶのも同様である。またニセというのはあまりにも無粋であるゆえ、意図的にこの二字を外して呼ぶ人も多くいたのではないかと想像される。これについては明治期の経済学者和田垣謙三も自著で次のように書いている。

ニセアカシアなる言葉は餘りに無趣味にして、厭ふべき語調を帯びたり。由來ニセモノ、イカサマモノ、或はクハセモノなどの語は、皆之を貶するの意味なり。君子に非ずして君子を裝ふ者を僞君子と呼べるは相手が人間なれば僞の字を冠すとも別に不當の事にあらざれども、元と心ありてアカシアを裝へるにあらず、天然自然にアカシアに似たるものなれば、之にニセの字を冠して非情の草木を貶するは面白き事に非ず。

（『兎糞録《とふんろく》』「ニセアカシア」より）。

「天然自然にアカシアに似たるものなれば」というところが少し引っかかるが、ニセなんて名前を付けられたら木がかわいそうだと言う。同様の思いを抱く人は少なからずいたことだろう。そこでこの和田垣博士、このあと続けて、自分ならこの木をニセアカシアではなくアスアカシアと訳したいと言っている。これはヒノキに似ているが、ヒノキではなく、明日《あす》はヒノキになろうという意から付けられたアスナロの命名法によっている。ニセアカシアよりは情趣があってマシなように思えるが、アスナロと違って、元のアカシアとはまったく似ていないので、明日はアカシアになろうといくらがんばってもアカシアになれそうもなく、やはりこの命名には少し無理があるように思われる。それよりも、早い話が、ニセアカシアなどという和名を付けず、ハリエンジュという和名一本でいけば何ら問題なく、後日、混乱を招くこともなかったのだと言える。

明治の終わり頃から詩歌の中にもさかんにアカシアの名が見えるようになってくる。それらはもちろん本物のアカシアではなく、ほとんどがニセアカシアを指している。次の北原白秋の詩など明らかにそれを裏付けている。

片恋

あかしやの金《きん》と赤とがちるぞえな。
かはたれの秋の光にちるぞえな。
片恋の薄着のねるのわがうれひ
「曳舟《ひきふね》」の水のほとりをゆくころを。
やはらかな君が吐息のちるぞえな。
あかしやの金と赤とがちるぞえな。

（明治四十三年四月「スバル」初出）

これがなぜニセアカシアを指していると分かるかを述べる前に、この詩についての解説を村野四郎が書いているので、まずそれを引用したい。

「片恋」は、秋十月ころの水辺の抒情詩で、その美しい情緒と歌謡調によって有名な、白秋小曲の一つである。

「あかしやの金と赤」は、アカシヤの落葉であって花ではない。アカシヤは初夏に黄色の小花をつける。秋の夕日に映える落葉だが、この金と赤は、白秋が好んで用いた色調である。

（『日本の詩歌9・北原白秋』中央公論社）

この解説は植物に関してはもうムチャクチャである。まず「初夏に黄色の小花をつける」と書いている。アカシアは確かに初夏に黄色の花をつけるが[*2]、それはあくまで本物のアカシアのことであって、ニセアカシアの方は前述したように、初夏に白色の花をつける。だから村野の解説では、この「あかしや」は本物のアカシアを指していることになる。しかしその一方で、

『あかしやの金と赤』は、アカシヤの落葉であって花ではない」と書いている。ここが矛盾する。本物のアカシアは常緑樹であって落葉樹ではない。だから秋に葉が散るはずがない。

白秋の歌っているような「金と赤」(というのは大袈裟な比喩だと思うが)の落葉を見せる木ということになれば、落葉樹であるニセアカシア以外にありえなくなってくる。村野四郎はおそらくこれがニセアカシアのことだとは知らず、植物図鑑か何かでアカシアの項を引き、それで「初夏に黄色の小花をつける」などと書いてしまったのだろう。

白秋にはほかにもアカシアの出てくる「この道」という有名な歌曲がある。

この道はいつか来た道、
　ああ、そうだよ、
あかしやの花が咲いてる。

あの丘はいつか見た丘、
　ああ、そうだよ、
ほら、白い時計台だよ。　(後略)

　ここには「あかしや」をニセアカシアだと断ずる直接的な証拠はないが、「白い時計台」は札幌市時計台（旧札幌農学校演武場）がモデルだとされているので、そうだとすれば札幌市内に多いニセアカシアがこの「あかしや」だと言える。また、本物のアカシアは寒さに弱いので、札幌では生育困難、屋外ではまず見られないのではなかろうか。

　余談になるが、俳句ではアカシアと言えばすべてニセアカシアを指すという。『俳句歳時記』（角川文庫）「アカシヤの花」の項にははっきりと、「我国でアカシヤというのは、ハリエンジュ（針槐）別名ニセアカシヤのこと」と記されている。それはいいとして、それでは本物のアカシアを詠むとき、何と書くのだろう？

　今では本物のアカシアも街中でごく普通に見られるようになっている。日本で栽培されているアカシア属の代表的な樹種としては、フサアカシア、ギンヨウアカシア（ハナアカシア）、モリシマアカシアなどがある。前二種の花期は三月から四月初めで、三つ目のモリシマアカシアは五月から六月頃。いずれも枝先に黄色い綿帽子のような花をつける。ちなみにこれらのアカシアは俗にミモザと呼ばれることもあるが、本来のミモザはオジギソウのことであり、これも誤った通名だと言える。

ここで最初の「ニセネムノキ」に戻る。この木をニセアカシアの間違いであると思ったのには二つの理由がある。一つは単純に名前が似ているからで、もう一つは、ニセという冠字をとった時のネムノキとアカシアが品種的にも形状的にも近い関係にあるからだった（どちらもマメ科ネムノキ亜科で、ネムノキはネムノキ属）。しかしいくらこの二種が近縁種だと言っても、ニセアカシアを「ニセネムノキ」と呼ぶことなどあるのだろうか。疑問に思いつつ、いろんな植物図鑑にあたったが、「ニセネムノキ」なる植物はどこにも見当たらなかった。

　そして、そんなことをすっかり忘れた頃、仕事上ニセアカシアについて詳しく調べる必要があり、「樹木大図説」（上原敬二著）という本を見ていたとき、意外な発見をした。この本には樹木名のいろんな方言も載っていて、ニセアカシアにもたくさんの方言名が列挙されていた。その中に擬合歓《ギゴウカン》というのがあって驚いた。合歓はネムノキの漢字表記である。だから擬合歓とはネムノキになぞらえたもの、すなわちニセネムノキと意読できないこともない。ニセアカシアを擬合歓《ギゴウカン》と呼ぶ地方があるなら、ニセネムノキと呼ぶ地方もありそうに

ネムノキ

思えた。郷原氏の生まれ育ったところでは、そう呼んでいたのかもしれない。

【註】

＊1　トゲの見られるアカシアは、キンゴウカン（金合歓）、アラビアゴムノキ、サバンナアカシア（アンブレラアカシア）などアメリカ南部、メキシコ、オーストラリア、アフリカなどの熱帯地方原産のアカシア属に多い。日本で普通に見られるアカシア（フサアカシア、モリシマアカシア、ギンヨウアカシア）などにはトゲがない。

＊2　樹種によって花期は異なる

【附記】

①　昔の書物にはアカシヤの表記が多いが、現在ではアカシアが一般的。

②　冒頭に挙げた郷原宏氏の「小景異情」の詩、今回、念のために調べたら、『郷原宏詩集』（新・日本現代詩文庫109）の詩集『探偵』に収録されていて、そこでは「ニセネムノキ」ではなく「ニセアカシア」と改稿されていた。筆者の推測が当たっていたことになる。また郷原氏もこちらの方が一般名称であると気付かれたのだろう。

ちなみに引用の最後から二行目「ニセネムノキでも」は「ニセアカシアのせいでも」に改稿されていたので付け加えておきます。

2　あれは菜の花？

名前をよく聞くわりには、その実物があまり知られていない植物がある。アキノキリンソウなどもその一つだろう。詩歌にもよく登場するが、この草の姿がパッと頭に浮かぶ人は少ないのではなかろうか。かつては都市の近郊でも普通に見られたが、環境の変化で今ではめったに見られなくなった。

代わって都市部の至る所で見られるようになったのがセイタカアワダチソウ。北米原産の帰化植物で、明治時代末期に観賞用として輸入されたという。しかし昭和の初めには既に野生化し、今では秋になると、その黄色い花が空地や河原などを覆いつくすほどになっている。その名のとおり、人間の背丈を超すほどに背が高い。花もけばけばしくて、風流に欠けるきらいがあり、詩歌に歌われることは少ない。ただ戦後は、戦前の伝統回帰的な抒情の否定から、歌われる機会も増えてきた。

筆者が初めてこのセイタカアワダチソウを歌った詩を目にしたのは、今から三十数年前に書かれた次のような詩だった。

秋のきりんそうはいつだってゆらゆらしていた
夏であったころ
鉄橋を北上して青いきりんそうをみた
ごろごろごろごろ
わたってゆく音のあいだに
きりんそうはかたまりをつくり
目の前をすぎる
鉄の柱の列はごろごろ
ごろごろ
ころがってゆく
河原の石の堆積は深い
そのあいだあいだにきりんそう
(じっさい、その中にわたし自身)

きりんそうは青かった
ぶたくさとの違いがわからなかったが
たぶん
これだと叢を指したのである

あきのきりんそうは群れていて
いまや
まっきっき
ほんとうにこれはせいたかあわだちそう
あたしもあたしの両手をのばし
つるされた茎のように
ゆらゆらと
およぐ
（伊藤比呂美「せいたかあわだちそう」前半）

この詩ではアキノキリンソウとセイタカアワダ

セイタカアワダチソウ

チソウが同じ植物として書かれているが、最初に述べたように別の植物である。キリンソウもまた別種の植物である（アキノキリンソウとセイタカアワダチソウが近縁のキク科であるのに対し、キリンソウは科自体が違うベンケイソウ科）。また、一連目の後半に、「ぶたくさとの違いがわからなかった」と出てくるが、ブタクサとアキノキリンソウやセイタカアワダチソウとは花も葉の形も違うので、少し植物に詳しい者ならまず間違うことはない。ただし、こうしたキク科の植物は、春のまだ生育初期の頃は、どれも似たような葉の形をしているので、かなり植物に詳しい人でないと判別は難しい。

余談になるが、若葉の時のブタクサはヨモギと非常に似ている。春の若菜摘みの時などは注意が必要である。匂いで分かると言われるが、筆者な

ブタクサ

アキノキリンソウ

ど鼻が悪いのか、いつも迷ってしまう。ただ、ブタクサもキク科の植物なので、たとえ間違って食べても問題はないと思われる。念のために調べたら、ブタクサ属の属名Ambrosiaは〈ギリシャ語で「神の食物」の意。不老長寿の薬を意味する〉とあり、ネットショップでは、「ブタクサ茶」なるものまで売られていた（ので食べても問題なし）。ちなみに種小名artemisiifoliaは〈ヨモギ属のような葉〉の意で、なるほどと納得できる。

もう一つ余談を加えると、〈不老長寿の薬〉とは言いながら、ブタクサの花粉は、スギやヒノキと同様花粉症を引き起こすとされ、近年問題になっている。秋に花粉症の症状が出たら、これが原因かもしれません。また、セイタカアワダチソウの花粉も花粉症の原因と問題視されたことがあるが、これは誤解。セイタカアワダチソウは虫媒花で、スギやヒノキのような風媒花ではないので花粉症を引き起こすことはありません。

閑話休題。

先の詩は「現代詩手帖」一九七八年四月号が初出で、作者の伊藤比呂美さん二十二歳の時の作品である。一つの植物がいくつもの名の間で揺れているように、作者の思いもまた揺れている。植物名の誤認、あるいは混乱が、この詩の場合、作者の微妙な心理を結果として読み手に伝える働きをしているとも言える。前半はアキノキリンソウという抒情的な植物名に引きずられるように進んでいるが、正しい植物名であるセイタカアワダチソウに焦点が絞られて行くに従って、この詩は俄然魅力を増してくる。

そこに
あたしのにおいが残る
そうあるべきではないのに
性を所有してあるく人間たちと同じようにあたしはにおう
すでに劣等の種とみなされて
この中に長くすみ
わたしたちは人間の尺度をもってしまった
多数からみはなされ
さらにみはなされ
うすぐらく
みだらに
じぶんを感じなければならないのだから
両性具有のきょうだいたちよ
お互いにつれそい

このほしをはなれよう
セイタカアワダチソウ
きっと向うにも同じような草が生えているだろう
せいたか、あわたち、そう
わたしはしゃがんでこどもにおしえる
背い高、
「アワダチソウ」
こどもの背に父親の血はながれない
優性遺伝の貧血症を抱いて
おさないままにしんでしまえ
あたしの
背には暖かいものを当てる　な

世代をつなげて
衰えてゆくのだ

（「せいたかあわだちそう」後半）

かなり屈折した表現が多いので、個々には解釈しがたいところもあるが、全体を通して見ると、少女から大人へと移っていく時期の、自身の「性」への違和感や、父親への微妙な感情が、群生し、揺れるセイタカアワダチソウの姿にだぶって伝わってくる。

「両性具有のきょうだいたち」は、一つの花に雄しべと雌しべを持つ植物全般のことだろう（雌雄《しゆう》異花《いか》や雌雄《しゆう》異株《いしゆ》の植物も中にはあるが）。セイタカアワダチソウの群落の中にいて、しだいに周りの植物と同化していく作者の姿が描かれているのだと解釈すれば、この詩の世界に読者も感情移入しやすくなるのではなかろうか。

次はアキノキリンソウを歌った詩。

目をさましてじっと
空を見つめている幼児のようにならなければ
イエスの寂しさはわからないのだろう
あきのきりんそうの根もとで止まっている
ボールの悲しさはわからないだろう

あきのきりんそうをかき分けて
出て来る人間を神は愛するだろうか
澄み切った空を寂しいと見る人間を？
ちょうど季節が変わった日のように
中年にはいって死が親しげに寄って来た

（衣更着信「中年」前半二連）

さて、ここに出てくるアキノキリンソウは、ほんとうにアキノキリンソウだろうか？一連目を見ると、清楚なたたずまいのアキノキリンソウと詩の情感がぴったり合っているように思われる。けれども、二連目を見ると、「あきのきりんそうをかき分けて」と出てくる。アキノキリンソウは草丈がせいぜい八十センチまでだから、最大限に成長したとしても大人の腰下ぐらい。また、セイタカアワダチソウのような群生もしない。としたら、「かき分けて」という表現と合わなくなってくる。従って、これもまたアキノキリンソウではなく、セイタカアワダチソウの誤りではないかと思われる。

それにしても、どうしてこうした誤りが起こるのだろう。アキノキリンソウには「アワダチソウ（泡立草）」の別名がある。そのためにセイタカアワダチソウと同一の植物だと勘違いされるのかもしれない。また、セイタカアワダチソウという名はあまりに風情がない。そこでアキノキリンソウという名が（別の植物だと知らず）、好んで使われるようになったのではないかと推測される。風情がないから風情のある名でというのは、前章で取り上げたニセアカシアと同様である。

最後にもう一つ。次の詩に出てくる菜の花はどうだろう。

川のむこうの
畑だったところが
いちめん
黄色い花になった
花びらのかたちは
ここからではわからない
植物学者は自転車をとめて

牛乳屋のやまぐちさきこの
学問についてかんがえている
あのひとならきっと
いうだろう
あれは
菜の花

（辻征夫「菜の花」全）

牛乳屋のやまぐちさきこさんは「菜の花」だと断言しているけれど、これはほんとうに菜の花だろうか？

菜の花という名は通称であり、植物学上の正式名はアブラナ（油菜）。若葉を食用として利用するほか、種を絞って油（菜種油）を取る。またその油を取った後のカス（油粕）は肥料としても利用されている。食用としては弥生時代から栽培されていたというから、人との付き合いは長い。当然古来、詩歌にも多く詠まれている。「菜の花や月は東に日は西に」（蕪村）など、その代表的なものだろう。

油を取るための菜の花は、現在では近縁のセイヨウアブラナが使われている。従って、現在菜の花畑で見られる菜の花の大半は、このセイヨウアブラナになっている。

春に堤防の土手や河川敷で菜の花と似た花が見られるが、あれはセイヨウカラシナという同じアブラナ属の帰化植物である。遠目には菜の花のように見えるけれど、近くで見れば菜の花に比べて花付きがまばらなので、両方見比べればその違いが分かる。

さて、こうしたことを押さえた上で、詩に戻ってみよう。

一行目に、「川のむこう」とある。ここからセイヨウカラシナである可能性が高くなる。ただ、二行目に、「畑だったところ」と書かれているので、菜の花の可能性も残る。

そもそも「畑だったところ」というのはどういう状況なのだろう？　秋野菜の収穫を終えた後、種を撒き、菜の花の栽培をしている畑なのだろうか？　それとも栽培を放棄した畑なのだろうか？　後者ならセイヨウカラシナの可能性が高い。前者なら当然菜の花であるのだが、花が咲いているということは、食用のための栽培ではなく、油を取るための栽培だと考えられる（食用の若葉は花が咲く前に摘み取るので）。

油を取るためには膨大な量の菜の花が必要で、そのため耕地面積も広大となる。しかし、この詩からはそれほど広い菜の花畑は浮かんでこない。都会の近郊のようだし、川沿いに油採取用のそんな広大な菜の花畑を作ることなどまず考えられない。以上のことからこの詩に出てくる菜の花は、菜の花（アブラナ）ではなく、セイヨウカラシナではないかと思われる。

さすがに植物学者は断定しかねているが、普通の人である牛乳屋のやまぐちさきこさんのことを頭に浮かべ、あの人ならきっと菜の花と言うだろうと考えている。そして、それでいいんだと、何だか楽しげにほほえんでいる初老の植物学者の顔が浮かんでくる。

遠くに見える黄色い花から、春ののどかな情景と、やさしい思いが伝わってくる。いい詩だと思う。

3　春にはなぜ白と黄色の花が多いのか？

近所を歩いていると
生垣の中に春の花が咲いています
黄色のレンギョウ
うす紅色のボケ
大きな花びらの白モクレン
桃の花は満開です
椿の花は地べたに落ちています
気がつくと
自分の家からも
近所の家からも離れて

知らない山里を歩いていますどこかでゆき倒れて
どこかで消えていくような夢想が
甘ったるくひろがります

（富岡多恵子「春の花」全）

この詩には五種類の花の名前が出てくる。いずれも春に咲く花ではあるけれど、このうちボケはちょっと特殊で、冬の十二月から初夏の五月中頃まで盛衰を繰り返しつつ長期間咲き続ける。最も盛り（満開）となるのは三月下旬から四月中旬。またツバキは、木偏に春と書くけれど、園芸品種が非常に多く、一月や二月の寒い時期に咲くものもけっこう多い。「椿」という字は、そうした園芸品種が現れる前の、日本原産の自生種ヤブツバキにあてられたもので、これは文字通り春（三月から四月中旬）に咲く。こうした特殊なものは別にして、レンギョウやハクモクレンが咲き、桃の花が満開とあるから、この詩の時期は三月の終わりから四月の初め頃だろう。

春になると、この詩のようにいろんな花がいっせいに咲く。色は多彩だが、とりわけ白と黄色の花が多いように思える。実際はどうなんだろうと思い、ある時、花色と季節の関係を調べたことがある。当時、職場にあった日本庭園の花（約百種）を四つの色の系統に分け、整理したところ、次表のような興味ある結果が得られた。

ここからさまざまなことが分かる。まず当初の予想通り、春（三・四月）には白系と黄系の花が全体の七割近くを占めている。また、赤系と白系の花はどの季節にもほぼ同程度に現れるが、青系と黄系の花は季節によってかなりのバラツキがあり、季節との顕著な関係が見られる。すなわち、黄系の花は春になると急に増え、夏に近づくにつれ減っていき、秋になるとまた増える。これとは逆に、青系の花は寒い時期にはほとんど見られず、夏に近づくにつれて増えていく。

このようなことがどうして起こるのだろう？　自然の摂理と言ってしまえばそれまでだが、自然が無秩序に作られたものでない限り、そこには何らかの理由があるはずだ。

『花の色の謎』（安田齊《ひとし》著）というおもしろい本があり、これがその疑問にある程度答えてくれる。「花は植物の生殖器官」であり、「目立つ花と目立たない花とがあるのは、花粉の媒介の仕方と深い関係がある」という。すなわち、風媒花では特に目立つ必要はな

花色＼月	1・2	3・4	5・6	7・8	9・10	11・12
赤　系	50	28	36	37	50	50
青　系	0	4	13	18	0	0
黄　系	17	32	16	9	25	0
白　系	33	36	35	36	25	50

数値は月毎の花色出現比率（％）

いが、虫媒花や鳥媒花では昆虫や鳥の注意を引くために目立つ必要がある。目立つことが、そうした植物にとって種を維持できるかどうかの大問題につながっている。そのために強い匂いを発散し、できるだけ目立つ色を装う。人間の女性が香水を振りかけ、化粧をするのも根本は同じと言える（人間以外の動物では、オスの方が派手に装う場合が多いが）。

花の色と季節の関係も、花粉の媒介者たる昆虫や鳥の活動と密接な関係にあることがここから分かる。春に白や黄色の花が多いのは、この時期に活動を始める昆虫や鳥たちの目にこれらの色が他のどんな色よりも引き立って見えるからであり、夏に青色が増えていくのも同様に、この色が他のどんな色より引き立って見える昆虫や鳥が夏に向かって増えてくるからではなかろうか。赤系や白系の花が一年中同程度に現れるということも、こうした昆虫や鳥たちの活動と大いに関係があるように思われる。

人間に赤い色が目立つからといって、昆虫や鳥たちにもそうだとは限らない。彼らには人間とは違った色の世界があるという。前述の本に紹介されているオーストリアのフリッシュという動物学者の研究によると、ミツバチは赤色を色として感じることができず（黒色と同じように見えるらしい）、逆に人間には見えない紫外線まで色として感じることができるという。ちょうど透明な色ガラスを通して見たときと同じように、紫外線まで見えるミツバチの目には、我々の見ているどの色も我々とは違って見える。春に菜の花に群れているミツバチの目には、あの黄色が我々の見ている黄色よりもっと鮮やかな黄色に見えているのかもしれない。また白色も、この本によると、植物界には白い色素というものはなく、どの白花にもたいていはごく薄い黄色の色素（フラボン類）が含まれているという。そうだとすれば、ミツバチの目には白花も、黄色と同じようにか、あるいはもっと別の鮮やかな色に見えているのかもしれない。

私たちは、自分の目に見えているものが世界のありのままの姿だと普段信じているが、このようなことを知ると、実はそうではないのだと分かる。ミツバチの目と取り替えるだけで、世界の姿は一変する。ミツバチとまでいかなくても、すぐ隣にいる人の目と取り替えるだけで、ひょっとしたら、世界は違って見えてくるのかもしれない。

4　白いコウホネ?
――『海潮音』の植物

この欄を愛読してくださっている詩人のSさんから、詩に登場する植物について質問があったので、今回はそれについて書くことにします。質問は二つ。

まず最初の質問から（原文のまま引用します）。

〈上田敏訳詩集『海潮音』の、エミール・ヴェルハーレン「鷺の歌」に、

ほのぐらき黄金隠沼《こがねこもりぬ》、
骨蓬《かうほね》の白くさけるに、
静かなる鷺の羽風は
徐《おもむろ》に影を落しぬ。

（高階註――傍点はSさんの附したもの）

とあるのですが、河骨《こうほね》に白い花があるのでしょうか。（中略）六甲高山植物園の池には、毎年、黄いろい花を見かけます。以前、何かのコマーシャルの映像でカワセミが飛ぶ背景に白い河骨らしき花が一瞬映っていたような気もするので、例外的に白い河骨があるのだろうか、とも思われますが、はてな？〉

まず、コウホネに白い花はありません。コウホネ（学名 Nuphar japonicum）は日本と朝鮮半島に分布するもので、花の色はSさんも書いているように、濃い黄色。近縁種（コウホネ属Nuphar）は北半球の温帯を中心に20種ほどがあるようですが、たぶん花の色はどれも黄色だと思います。それにもかかわらず、「白くさける」と書かれているのは、上田敏の誤訳でしょう。

植物名など、自国にないものは自国にある近い種類の花に訳すようなことが結構あります。この詩の場合、同じスイレン科のヒツジグサ（花は白）のようなものをコウホネと訳し間違えたのではないでしょうか。原文に当たってみなければはっきりしたことは言えませんが――。

というような主旨のことを書いて、Sさんに返事した。

そして今回、この稿を書くに当たって原文を探したら、何とかそれが見つかった。対象となっている最初の四行を引いてみる（ヴェルハーレンはベルギーの詩人だが、詩はフランス語で書かれている)。

Parmi l'étang d'or sombre
Et les nénuphars blancs,
Un vol passant de hérons lents
Laisse tomber des ombres.

上田敏の「骨蓬」に当たる語は「nénuphars」(最後のsは複数)となっている。これはスイレンのこと。ラテン語の学名「Nymphaea(スイレン属)」から来ている。
この四行の拙訳を試みれば、

黄金に光る暗い池
白い睡蓮の咲く中を
静かに飛び立っていく青鷺たちの
影が　水面《みなも》に落ちる

とでもなるだろうか。

このスイレン（nénuphar）を上田敏はなぜコウホネと訳したのだろう。その真意は本人に聞いてみなければ分からないが、推測するに、古語を用いた文語の韻律に、日本に古くからあるコウホネが合うと思ったからではなかろうか。それにしても植物としては別種（属が違う）で、花の色も違う。上田敏はコウホネを見たこともなく、単に語感だけでこの植物を選んでしまったのだろう。同じ選ぶなら、Sさんへの回答にも挙げたヒツジグサ（スイレン属で、コウホネ同様古くから日本に自生）にしておけば間違いにはならなかったのだが。

ついでながら、この詩ではタイトルも違っている。原作のタイトルは「Parabole（寓話）」。このタイトル違いのおかげで、原文を探すのにずいぶんと苦労した。ヴェルハーレンの詩のタイトル一覧から「héron（鷺）」という単語のあるものを探したが、見つからなかったのも無理はない。しかしまあ、詩のタイトルとしては、「鷺の歌」

スイレン

の方が、余韻があっていいかもしれない。

さらに余談をもうひとつ。

コウホネは漢字では一般に「河骨」と書く。上田敏の「骨蓬」という表記は今まで見たことがない。昔はこういう表記も使われていたのかな?と思い、広辞苑を見ると、「漢名、萍蓬草」と記されている(ルビが振られていないので読みが分からないが、「萍」の字音は「ヘイ」または「ビョウ」)。「萍蓬草」を「ヒョウホウソウ」と記した資料もある)。また漢方ではその根茎を川骨《せんこつ》といい、強壮や止血剤として使われるという。この辺りから「骨蓬」という表記が出てきたのかもしれない。ちなみに、名に「骨」が付くのは、その根茎が白く、骨のように見えるところに因っている。

コウホネ

上田敏がこの根茎の白さを花のように見立て、それでコウホネにしたと考える人もいるかもしれないが、それは無理というもの。土中にある根茎が池の上から見えるはずがない。また、彼はこの詩がよほど気に入ったのか、序文にも取り上げ、「骨蓬《かうほね》の白く清らにも漂ふ水の面に映りぬ〉と書いている。ここからも彼が、コウホネの花は白い、と思い込んでいたことがうかがえる。

次にもうひとつの質問（これも原文のまま引用します）。

〈やはり『海潮音』の、シェークスピアの劇中歌「花くらべ」に、

百合もいろいろあるなかに、
鳶尾草《いちはつぐさ》のよけれども、
あゝ、今は無し、しよんがいな。

があり、鳶尾《いちはつ》はアヤメ科で、ユリ科とは全く違うのに、なぜ、上田敏が「百合もいろいろあるなかに」と訳したのか、不思議です。上田敏の不勉強と片づけてよいものかどうか。〉

これもSさんの書かれているように、変ですね。ユリとイチハツは科自体が違う全く別の植物。それなのに、「ユリのなかでもイチハツが一番！」なんて書くのは解せない。コウホネ同様、上田敏の単純な誤訳か。それともシェークスピアの誤りか。これも原文に当たってみなければ分からない。

こちらは幸いなことにすぐに見つかった。Sさんは〈劇中歌「花くらべ」〉と書かれているが、原文はシェークスピアの戯曲「冬物語(Winter's tale)」第四幕四場のパーディタ(PERDITA)のセリフ。(「花くらべ」は上田敏がこの部分を訳すに当たって付けた題)。原文を区切りのよいところで改行して記します。

lilies of all kinds,
The flower-de-luce being one!
O, these I lack,
To make you garlands of,
and my sweet friend,
To strew him o'er and o'er!

上田敏の「百合」に当たる部分は「lilies」で、これは問題なし。次の「鳶尾草《いちはつぐさ》」の部分は「flower-de-luce」となっています。これはどういう花だろう? と調べると、英語の辞書に次のように書かれていた。

an archaic name for the iris and lily

（「Collins English Dictionary」より）

訳すと、「アヤメやユリの古めかしい名前」となる。

これはどういうことだろう？　アヤメもユリも同じ？　変ですね。でもシェークスピアの生きていた時代を考えると、その疑問も解けるように思えます。

リンネが植物を学名によって分類する方法を記した『植物の種』(Species Plantarum) を出版したのが一七五三年。それより百五十年以上も前のシェークスピアの時代には、まだ植物の分類というものが確立していない。アヤメもユリも同種（同じ仲間）の植物として捉えられていたとしても不思議はない。

また、同じ辞書に次のような興味ある記述があった。

anglicized variant of French fleur de lis

フランス語の「fleur de lis」（発音はフルールドゥリス）の英語化によって変形したものと言う意味だが、これによって、シェークスピアの詩句に出てくる「flower-de-luce」の由来も明らかになる。

「flower-de-luce」を直訳すると、「カワカマス（魚）の花」ということになるが、これはどう考えても変だ。しかし、「fleur de lis」の変形と考えれば、納得がいく。つまり、フランス語の「lis」（ユリ）が英語化によって「luce」という、カワカマスを意味する単語と同じ綴りになったのだろう。

また、「fleur de lis」は、単に「ユリの花」という意味だけではなく、フランス王家のユリの花を模した紋章の意味もある。さらにその紋章のデザインは、ユリではなくアヤメ（アイリス）の花を模したものであると言われている（ここでのアヤメは単一品種のアヤメではなく、アヤメ属の植物を指す。以下同）。

こうしたことから、「lis」は現在のフランス語では「ユリ」を指すが、当時はアヤメのことを指していたと考えられる。植物の名称が時代と共に変わることはよくある。日本でも、万葉集に現れる秋の七草の「朝貌（朝顔）」は、現在の「キキョウ」のことであるとされているし、春の七草の「仏座（ホトケノザ）」も現在のホトケノザ（シソ科）ではなく、コオニタビラコ（ヤブタビラコという説もあり）というキク科の植物であるというのはよく知られている。

話がややこしくなったので整理すると、「flower-de-luce」は、アヤメやユリの古めかしい言い方で、どちらかというとアヤメのことを指していた。また、フランス王家の紋章の意味もある、ということになる。

ここで上田敏の訳に戻ると、彼は「flower-de-luce」をアヤメのことと捉え、同じアヤメ属の「イチハツ」と訳した。なぜもっと一般の人に馴染みのあるアヤメやカキツバタ、あるいはハナショウブと訳さなかったのか？　これも先ほどの「コウホネ」と同様、どこか雅なイメージのある「イチハツ」が合うと思ったのかもしれない。誤訳とは言えないけれど、訳した時代にはもうユリとアヤメとは全く別の植物であることがはっきりしているのだから、「百合もいろいろあるなかに、鳶尾草《いちはつぐさ》のよけれども」などと訳すと、Sさんならずとも、「えっ、おかしいんじゃない？」と言うことなってしまう。

ではどう訳したらいいか、となるとこれがなかなか難しい。

　百合にもいろいろあるけれど
　フランス王家の紋章の百合がいちばん！

とでもして、「紋章の百合」に註でもつけるのが、植物上の矛盾もなく、妥当なような気がするが、これではどうも様にならない。「アイリス（あるいはアヤメ）がいちばん！」では「イチハツ」と同様矛盾が生じる。となれば、いっそlilyをアヤメにしてしまって、

アヤメにもいろいろあるけれど
イチハツがいちばん！

とでもしてはどうだろう。もちろんイチハツの部分は、カキツバタでもハナショウブでもいい。これなら植物上の矛盾はなくなるし、当時のlilyがアヤメも指していたとすれば、訳の上でも間違いとは言えない。
ついでに残りの部分も合わせて訳してみます。

アヤメにもいろいろあるけれど
イチハツがいちばん！
ああ、でもわたしには
そんな花輪を作れるほどの花がない
もしあれば、愛する人に
いくらでも花をかけてあげられるのに

このセリフは、貧しい羊飼いの娘（実は捨てられた隣国の王女）パーディタが、愛し合っているその国の王子とのデートの場面で語られるセリフで、前半にはスイセンやスミレやサクラソウなどいろんな季節の花が出てくる。

この最後の四行を上田敏は「あゝ、今は無し、しよんがいな。」という一行に集約している。かなり強引と言えば強引な訳ですね。

何はともあれ、Sさんの質問から思いがけず名訳詩集と言われる『海潮音』の奇妙な訳を知ることができた。上田敏は外国の詩を日本語に翻訳する名手かもしれないが、植物には少々うとい人であったようだ。

5　バラもあれこれ

——夢見る薔薇やもののけの薔薇

いまこの庭に

いまこの庭に
薔薇の花一輪
くれなゐふかく咲かんとす
彼方には
昨日の色のさみしき海
また此方には

枯枝の高きにいこふ冬の鳥

こはここに何を夢みる薔薇の花

いまこの庭に
薔薇の花一輪
くれなゐふかく咲かんとす

この詩は三好達治の詩集『花筐《はながたみ》』に収められた一篇。「花筐」とは花を入れた竹かごの意で、その名の通り、この詩集ではさまざまな花が歌われている。ここではバラ。ふつうバラを歌えば、もっと明るく華やかな詩になるものだが、この詩はかなり暗い。発行が昭和十九年六月で、収録作品のほとんどがその前年に作られたと言うから、やはり戦争の影が色濃く落ちているように思われる。

この詩について、村野四郎が次のような解説をしている。

この詩は、早咲きのバラの花に呼びかけると同時に、自分の心に語りかけている詩である。

いま、この庭に、もうバラの花が一輪だけ、紅濃く咲こうとしている。しかし、その向こうには、まだ冬の色をした海が見え、こちらの枯れ枝の高いところには、寒そうに止まっている冬の鳥が見える。こんな季節なのに、バラの花よ、おまえは、ここで何を夢みているのか。

暗くて苛酷な時代が過ぎぬのに、おまえは何を夢みて、詩を歌おうとするのかと、詩人は自分の心に語りかけているのである。


（旺文社文庫「三好達治詩集」村野四郎編より）


後半はともかく、最初の部分には少しおかしな点がある。

「早咲きのバラの花に呼びかけると同時に」と村野は書いているが、村野はバラがいつ頃から咲き始めるのか知っていたのだろうか？　もちろんバラにも早咲きや遅咲きの品種がある。しかし、いくら早咲きでも、枯れ枝に冬の鳥が止まっているような季節に咲き出すようなバラはない。五月の中旬が一般的な開花時期だとすると、せいぜいそれより二週間ほど早く咲き出すのが早い方だろう。今は温室栽培などで年中バラが売られているが、この詩では「いまこの庭に」とあるように屋外である。だからこの解説はおかしいことになる。

では、達治がウソを書いているのだろうか？

もちろんそんなことはない。彼はちゃんと庭のバラの花を見てこの詩を書いたのだろう。それじゃさっき言ったことと矛盾するじゃないかと言われそうだが、別に矛盾はしないのです。

バラには一季咲きと四季咲きのものがあって、一季咲きは主に原種のバラ（野生のバラ）やツルバラ（四季咲きのものもある）で、花期は標準で五月中旬から六月中旬。四季咲きはその他ほとんどのバラで、その名の通り四季を通して咲く。ただ屋外のバラ園などでは夏の終わりから秋にかけてと、早春から五月の開花期までまったく花が見られなくなる。それじゃ四季咲きじゃないじゃないかと、またまた言われそうだが、花は咲いていなくても、品種としては立派な四季咲きのバラ。なぜこれらの時期に咲いていないかというと、咲かないからではなく、咲かせないようにしているからである。

バラ園などでは（個人でもちゃんと管理をしている人であれば）、夏の終わり（八月下旬から九月上旬）と冬場（二月）に剪定を行い、枝をかなり切り詰める。とうぜん咲いている花もなくなってしまう。なぜこんな剪定をするかというと、風通しをよくして病虫害を防いだり、充実した枝だけを残して立派な花を咲かせるためであり、バラの木のエネルギー消費を抑える意味もある（葉が多いほど当然生産活動も活発になる）。もしこの剪定をしなければ、バラの花はほぼ年中、すなわち四季を通して見られることになる。とは言っても、花の最盛期（五月と十月）を過ぎると、花数はどんどん減っていきますが。

ということで詩に戻れば、この詩の中のバラは、冬になってもまだぽつりぽつりと咲き残っている花だと言える。だから村野四郎の言うような「早咲きのバラ」などではなく、秋の残り花とでも言う方が解説として正確であり、またそうした情景を思い浮かべてこそ、この詩のほんとうの詩情が伝わってくる。

村野四郎はすぐれた詩を書いた詩人であったけれど、植物に関してはうとい人であったようだ。それは仕方ないとしても、１章のアカシア同様、解説を書くのであれば、もう少しきちんと調べて書くべきではなかったかと思う。


ところで、この詩の「この庭」というのはどこだろう？

『花筐』は前述したように昭和十九年六月に刊行されている。『三好達治全集』（筑摩書房）の年譜には、「書下ろし新作詩九十二篇を収める」と書かれているので、具体的にこの詩が何年何月に書かれたかは分からない。しかし同年譜の昭和十八年の項に、「この末年より翌年一月にかけて月餘を伊豆湯ヶ島、谷津、伊東等に滞在、戀愛抒情詩集『花筐』の制作完成を急いだ。」と書かれているので、収録詩篇の執筆はたぶん昭和十八年前半から十九年の二月頃まではないかと思われる。そして、この詩については、「枯枝の高きにいこふ冬の鳥」という一行からして、おそらく昭和十八年十二月から翌年二月末頃までに書かれた作品だと推測される。この時、達治の自宅は小田原市十字町（小田原城の西一キロほどの場所）にあった（昭和十九年三月末に福井県三国町に転居）。小田原市のこの場所なら海が見える。たとえ自宅の庭から直接見えなかったとしても、少し高台に上がれば見えたはずである。伊豆での滞在先の可能性も否定できないが、詩の雰囲気からして「この庭」は小田原市の自宅の庭ではないかと思われる。

西欧の詩歌にはよく出てくるバラだが、日本の詩歌にはあまり出てこない。明治以後、品種改良された華麗なバラが入ってくるようになってからも、桜や梅、菊などに比べるとはるかに少ない（きちんと数を調べたわけではないですが）。これはバラの花が派手すぎて、日本の近代詩人の感性にはしっくりこなかったせいかもしれない。

思いつくままに明治以後、バラの登場する詩を挙げてみる。

薔薇ノ木ニ
薔薇ノ花サク。
ナニゴトノ不思議ナケレド。

（北原白秋『白金之独楽』「薔薇二曲」より）

薔薇に砂に水
薔薇に霞む心
石に刻まれた髪
石に刻まれた音
石に刻まれた眼は永遠に開く

（西脇順三郎『Ambarvalia』「眼」より）

正直な犬は吠えない
バラの叢《くさむら》の
　　村
　人が通りながら
門をしめたりあけたりする

（春山行夫『植物の断面』「ALBUM」より）

こうして並べてみると、象徴派やモダニズム系の詩人が多く、西欧の文化を積極的に取り入れようとした詩人の資質と重なっているのが分かる。

明治以前には当然のことながら、現代のようなバラの花は出てこない。出てくるのはすべて野生のバラ。古いところでは万葉集にも出てくる。

道の辺《へ》の茨《うまら》の末《うれ》に這《は》ほ豆のからまる君を離《はか》れか行かむ　（巻二十　四三五二　丈部鳥《はせつかべのとり》）

（大意・道の辺のイバラの枝先に這いのぼる豆のように、私にからまるあなたを引き離して行かねばならない。――「離《はか》れ」は「剥がれ」から。妻と離れて遠い地に赴任する防人の歌。）

この茨《うまら》は現代の読みで言うと、イバラ。トゲのある低木植物の総称で、特に野生のバラを指す。日本に古くから自生するバラとしてはノイバラ、テリハノイバラ、ハマナスの三種類がある。

江戸期の俳諧にもイバラとしてしばしば登場する。

花棘《はないばら》馬骨の霜に咲《さき》かへり　杜国《とこく》（坪井杜国。芭蕉七部集・冬の日「炭売りの」の巻）

花いばら故郷の路に似たるかな　蕪村

愁ひつつ岡にのぼれば花いばら　蕪村
古郷やよるもさはるも茨の花　一茶

余談ながら、ここでバラの歴史を少しばかり。

人類によって初めてバラが栽培されたのは、紀元前四千年のバビロニア時代のバビロン（現在のイラク）であったとされている。その後、さまざまな改良を経て、一八六七年にフランスのギョーという育種家が「ラ・フランス」という品種を作出し、これが現代のバラにつながる四季咲き大輪バラの第一号となった。この四季咲き大輪の性質を持ったバラを「ハイブリッド・ティー Hybrid Tea（H・T）」と呼んでいる（花屋で売られているバラの切り花は全てこのH・Tです）。日本語に訳すと「複合のお茶」。バラなのに「お茶」というのは変ですね。なぜそう呼ばれるのかというと、「ラ・フランス」の交配の片親に「ティーローズ（Tea Rose）」という品種が使われたためです。

バラの長い品種改良の歴史の中で、中国の野生バラが重要な役割（四季咲き性など）を果たしてきた。この「ティーローズ」もその流れを汲む品種のひとつなのだが、なぜ「ティーローズ」と名付けられたのか。一般には紅茶の香りがするからだと言われているけれど、中国のバラだからそう名付けられたのではないかと思えたりする。中国と言えばお茶。だから「ティーローズ」という名称になったのではないかと。もし「ラ・フランス」の片親に日本の野生バラが使われていたら、「ハイブリッド・フジ」なんて命名されていたかもしれない。

閑話休題。

日本の詩歌にバラはあまり出てこないと書いたけれど、唯一バラの詩をたくさん書いた詩人がいる。大正から昭和初期に特異な存在感を示した大手拓次（一八八七〜一九三四）。生前一冊の詩集も出さず、二四〇〇篇近くにのぼる詩を書き続け、その中に一四〇篇以上のバラの詩があるという。なぜこれほどバラに惹かれたのか。理由はその詩を読むと、かすかに見えてくる。

はるはきたけれど、
わたしはさびしい。
ひとつのかげのうへにまたおもいかげがかさなり、
わたしのまぼろしのばらをさへぎる。
ふえのやうなほそい声でうたをうたふばらよ、
うつくしい悩みのたねをまくみどりのおびのしろばらよ、

うすぐもりした春のこみちに、
ばらよ、ばらよ、まぼろしのしろばらよ、
わたしはむなしくおまへのかげをもとめては、
こころもなくさまよひあるくのです。

（『藍色の蟇《ひき》』「まぼろしの薔薇」一章）

ここでのバラは現実のバラではなく、幻のバラ。「ふえのやうなほそい声で」歌い、「うつくしい悩みのたねをまく」緑の帯をした白いバラ。これは明らかに思いを寄せる女性ことだろう。実際、この詩は全六章から成っていて、六章目でははっきりと恋人と書かれている。

ゆふぐれのかげのなかをあるいてゆくしめやかなこひびとよ、
こゑのないことばをわたしのむねにのこしていつた白薔薇の花よ、
うすあをいまぼろしのぬれてゐるなかに
ふたりのくちびるがふれあふたふとさ。

（六章目前半）

このように憧憬の存在の暗喩として描かれているバラではあるが、それはまたほかの詩においては「怪物」や「もののけ」とも記されている。例えば次のように。

あさとなく　ひるとなく　よるとなく
わたしのまはりにうごいてゐる薔薇のもののけ、
おまへはみどりのおびをしゆうしゆうとならしてわたしの心をしばり、
うつりゆくわたしのからだに、、、、、
たえまない火のあめをふらすのです。

（「薔薇のもののけ」全）

ここでもまた「みどりのおび」が出てくる。これは緑の葉からの連想だろうが、白いバラ（白い着物を着た女性）が緑の帯を締めて出てくるというのは、泉鏡花の世界を思わせるような、何とも幻想的な情景である。

拓次にとってバラは、美の極みであると同時に自身を滅ぼす危険に満ちた花でもあったようだ。そのせいかどうか、生涯を独身で通し、左耳の難聴や頭痛のほか、さまざまな病気で入退院を繰り返しつつ、最後は結核によって亡くなったという。

6　小出《こいで》新道の謎

十月下旬（二〇一二年）、群馬県高崎市にある土屋文明記念文学館に行ってきた。去年の四月に亡くなった岸田衿子さんを追悼する展覧会が催されていたからだった。

岸田さんとは同県沼田市が主催する柳波賞という童謡詩の選考委員として十年ほどのお付き合いがあり、ちょうどこの日もその選考会の帰りだった。

岸田さんが体調を崩されて四年前に委員を辞任されたあと、一年の間をおいて、この文学館の前館長岡田芳保さんが委員に就任された。そこで前橋市から車で来られている氏に厚かましくもお願いして、文学館まで案内してもらうことになった。

沼田市から車で一時間ほど。途中、前橋市を通る。車の中で岡田さんは通る道々にある旧跡の説明をしてくださった。利根川を右手にして、川沿いの道を南に向かって走っているとき、「ここが朔太郎の詩に出てくる小出新道です」と言われた。へえ、ここがあの小出新道なのか、と興を覚えつつまわりの風景を眺めた。詩からは、市街地の真ん中を走るもっと広い道路を想像していただけに、その川沿いの片側一車線の道は少し意外でもあった。左手の樹林の向こうには朔太郎の生家の一部が移築されているという。そこから少し走った先にある大きな橋では、これがやはり朔太郎の詩に出てくる大渡橋であると教えられた。そうした説明を聞いていると、朔太郎が今もこの町のどこかにいて、どこからかひょいと現れてきそうに思われた。

帰宅してから、久し振りに「小出新道」を読み返してみた。大正十四年（一九二五年）刊『純情小曲集』の「郷土望景詩」と題された中の一篇である。

ここに道路の新開せるは
直として市街に通ずるならん。
われこの新道の交路に立てど
さびしき四方の地平をきはめず
暗鬱なる日かな
天日家並の軒に低くして
林の雑木まばらに伐られたり。

いかんぞ　いかんぞ思惟をかへさん
われの叛きて行かざる道に
新しき樹木みな伐られたり。

一読後、あれっと思った。なんだか変だな、と。最後の一行にふと疑問が生じたのである。「新しき樹木みな伐られたり」というのは、ちょっと変ではないか？

ふつう道路などの用地を造成するときに伐採するのは、邪魔になる古い樹木であり、新しい樹木は造成後にその周辺の修景などのために植えるものである。それなのに、新しい樹木をみな伐るというのはどういうことだろう？　もちろんここは比喩になっているので、必ずしも現実に合っている必要はないのだが。

手前の「われの叛きて行かざる道」は、字義通りに解釈すると、「わたしの反発して行かない道」となる。それは「世の人たちが歩んでいる道（まっとうな暮らし）」と解釈できる。しかしこれでは次の「新しき樹木みな伐られたり」とうまくつながらない。そこでこれを解くための鍵として、「出版に際して」と題された本書の序文を参照したい。

郷土！　いま遠く郷土を望景すれば、萬感胸に迫つてくる。かなしき郷土よ。人人は私に情なくして、いつも白い眼でにらんでゐた。單に私が無職であり、もしくは變人であるといふ理由をもつて、あはれな詩人を嘲辱し、私の背後から唾をかけた。「あすこに白痴が歩いて行く。」さう言つて人人が舌を出した。

少年の時から、この長い時日の間、私は環境の中に忍んでゐた。さうして世と人と自然を憎み、いつさいに叛いて行かうとする、卓抜なる超俗思想と、叛逆を好む烈しい思惟とが、いつしか私の心の隅に、鼠のやうに巣を食つていつた。

これを読むと、「われの叛きて行かざる道」は、「世のまっとうな人たちの歩んでいる道」ではなく、それとはまったく逆の道、即ち、「われの叛きて行かざる（を得ない）道」というふうに、（を得ない）が省略されていて、「わたしの叛いてでも行こうとする道」と解釈した方が妥当だと思われる。そうすると次の「新しき樹木みな伐られたり」とうまくつながる。つまり、「わたしの叛いてでも行こうとする道に植えられた新しい樹木（思想）はみな（この地＝故郷では理解されず）伐られてしまった」というような意味になる。これなら疑問も解消される。

この詩を何度も読み返しているうちに、もう一つ疑問が生じてきた。七行目の「林の雑木まばらに伐られたり」というのは、前からの流れで読むと、道路工事のために伐採されたように読めるが、それだと「まばらに」というのが理屈に合わなくなる。ここは「林の雑木」とあるから、道路工事とは直接関係のない周辺の林のことだと思われる。しかし、そうだとしたら、道路造成とは関係のない周辺の林まで、なぜ伐採する必要があるのだろう？

これを解く鍵も朔太郎の別の文章中に隠されている。

朔太郎はこの「郷土望景詩」によほどの思い入れがあるのか、収めた作品についての自註を二度にわたって書いている。一つは詩集巻末の「郷土望景詩の後に」と題された註で、もう一つは昭和十四年（一九三九年）に刊行された最後の詩集『宿命』中の、「物みなは歳日と共に亡び行く」という作品においての註。どちらも似たような内容だが、後者が十年以上のちに書かれ、その間の変貌ぶりも分かるので、両方を挙げることにする。まずは前者の文章中、「小出松林」（傍点筆者）と題された前者の註から。

小出の林は前橋の北部、赤城山の遠き麓にあり。我れ少年の時より、學校を厭ひて林を好み、常に一人行きて瞑想に耽りたる所なりしが、今その林皆伐られ、楢、樫、の類、むざんに白日の下に倒されたり。新しき道路ここに敷かれ、直として利根川の岸に通ずる如きも、我れその遠き行方を知らず。

次は後者の註。

われこの新道の交路に立てど
さびしき四方の地平をきはめず。
暗鬱なる日かな
天日家竝の軒に低くして
林の雜木まばらに伐られたり。

と歌つた小出の林は、その頃（筆者註　旧制中学の頃）から既に伐採されて、楢や櫟の木が無慘に伐られ、白日の下に生生しい切株を見せて居たが、今では全く開拓されて、市外の遊園地に通ずる自動車の道路となつてる。昔は學校を嫌ひ、辨當を持つて家を出ながら、ひそかにこの林に來て、終日鳥の鳴聲を聞きながら、少年の愁ひを悲しんでゐた私であつた。今では自動車が荷物を載せて、私の過去の記憶の上を、勇ましくタンクのやうに驀進して行く。

最初、詩だけを読んでいたときは、この「まばらに伐られたり」は通常の間伐ではないかと思えた。それを裏付けるかのように、今挙げた二つの文章に楢や櫟が出てくる。これらの樹木はいわゆる里山に特有な落葉広葉樹で、古来有用材として利用されてきた。ナラ（コナラ）は薪や木炭の原料として、クヌギは建築材や薪のほか、シイタケ栽培のほだ木としても使われる。

しかし、両方の文章を読むと、そんな間伐程度ではない、もっと大規模な伐採のように思われてきた。それと、前者のタイトルが「小出松林」となっている点が引っかかる。ナラやクヌギが中心の林なのに、なぜ「松林」なのか？

これを解くために、まず「小出の林」がどの辺りを指しているのか解明することにした。

冒頭で岡田芳保さんに「ここが小出新道です」と教えられた利根川の反対側（東側）の緑地は、現在「敷島公園」という名の公園になっていて、そのすぐ東側には上小出町や下小出町といった地名も残っている。従って、この辺り一帯が朔太郎の言う「小出の林」であったと考えてまず間違いない。

さらに「敷島公園」について調べると、意外なことが分かった。前橋市の観光サイトなどに、「百年ほど前に利根川の洪水を防ぐために松が植えられ、平地の松林としては全国有数の規模」と紹介されている。百年前として、一九一二年（明治四五年、大正元年）。朔太郎、二十五、六歳の時。このような整備は一朝一夕には行かないから、明治の終わり頃から大正年間にかけて整備されていったのだろう。朔太郎がこどもの頃にはまだナラやクヌギの雑木林であったのが、伐採されて松林に変わっていったのである。さらに、それと並行して「小出新道」が建設され、周辺もまた市街地として開発されていったのだと思われる。詩の中の「まばらに伐られたり」は、その初期段階だと思えば、納得できる。

余談になるが、なぜナラやクヌギなどの立派な樹林があるのに、わざわざそれを伐採し、松に植え替える必要があったのか。保水や土壌流出を防ぐ効果でいえば、松もそれらの広葉樹も変わらない。「洪水を防ぐために」と書かれているが、松に植え替えたところで洪水を防ぐことはできない。むしろ、伐採して松に植え替えた当座は治水効果は極端に弱まる。それを承知の上で植え替え工事を行ったのは、松は広葉樹と違って枝が横に広がらないので、密植が可能となる。密植することにより、洪水が起こったとき、氾濫した水の流れを抑え、さらに上流から流れてくる流木や土砂の流入を防ぐことができる。つまり、「洪水を防ぐため」ではなく、洪水の被害軽減のためという方が正確だろう。

この稿を書くにあたって「小出新道」についていろいろと調べてみた。「小出新道」というのは朔太郎が仮に付けた名で、実際にはこのような名の道路は存在しない。仮の名だとすれば、それが実際のどの道路か、詮索したくなるのが人情というもの。

岡田さんに教えられたのは、利根川沿いに敷島公園の脇を過ぎ、大渡橋の岩神町交差点を経て、前橋公園へと至る道である。しかしこれとは違う説を唱える人もいる。

その一例が、「大渡橋の南にある上毛会館から住吉町交番へ向かう道」（野口武久説）。これは市の中心部へ向かって東南に走る道（通称「岩神五間道路」）で、「住吉町交番」というのは、朔太郎の生家から五百メートルほど北に行ったところにある。

野口説では、この道の起点である上毛会館前の三叉路を詩に出てくる「新道の交路」としている。ここなら朔太郎の自註にある「直として利根川の岸に通ずる」と合致する。しかし、この説だと「小出の松林」とまったく縁がなくなってしまい、そこが苦しい。また、この道が開通したのは大正九年だと言うから、詩の中の「林の雑木まばらに伐られたり。」とも合わない。

一方、岡田説にも弱点がないわけではない。利根川と平行して走っているので、「直として利根川の岸に通ずる」という自注と合致しない。ただ、小出の林が松林に変わったという点や、小出町という附近の地名から考えると、こちらの説も捨てがたい。

もし「小出新道」の確定に決定打が出るとしたら、朔太郎の自註に書かれた「市外の遊園地に通ずる自動車の道路となつてる」の「遊園地」がどこかを特定できたときだろう。なにぶん百年も前のことなので、今もその遊園地が残っているかどうか分からない。今回地図で周辺の遊園地を調べたら、前橋市の南東に位置する伊勢崎市に「華蔵寺公園遊園地」というのがあった。この遊園地を含む華蔵寺公園は、一八九三年（明治26年）着工、一九一一年（明治44年）完成となっている。これとさほど間を置かず遊園地もできていたとしたら、ここが朔太郎の言う「市外の遊園地」の可能性もある。前橋市中心部から直線距離にして一五キロほど。近いと言えば近いと言える。ただ残念ながら、前橋市内からこの遊園地に直接通ずる道路はない。それからすれば、ここがその「遊園地」だとする可能性も低くなる。

「小出新道」はどこか。今のところ確定できないと言うよりほかにない。

敷島公園のすぐ南に大渡橋が架かっている。岡田説ならこの橋のたもとの交差点（岩神町）が「新道の交路」になる。かなり四方の眺めがよい場所で、詩の「さびしき四方の地平をきはめず」にふさわしい場所のように思われてくる。朔太郎も散歩の途中、何度もこの場所に立ったに違いない。橋の欄干には詩碑が設置され、次のように記されている。

大渡橋は前橋の北部、利根川の上流に架したり。鐵橋にして長さ半哩にもわたるべし。前橋より橋を渡りて、群馬郡のさびしき村落に出づ。目をやればその盡くる果を知らず。冬の日空に輝やきて、無限にかなしき橋なり。

（「郷土望景詩の後に　II　大渡橋」より）

この橋は大正十年に架橋され、現在三代目であるという。朔太郎はこのできてまもない長大な鋼鉄製トラス橋を眺めつつ、感動するどころか、「かなしき橋」と言う。当時の朔太郎の故郷に対する屈折した思いが伝わってくる。

【註】

＊上毛会館は二〇一三年三月末で閉館となっている。

【附記】

原稿の最終チェックのため、岡田芳保さんに地図で確認したところ、「自分の説は思い違いであった。野口説（岩神五間道路）が正しいと思う」という旨の返事があった。

この一方で、岡田説の内、大渡橋の岩神町交差点から前橋公園へと向かう道を「小出新道」だと主張する人たちもいる。これらのどれが正しいかは、本文に書いた「市外の遊園地」がどこか、その特定にかかっているようです。

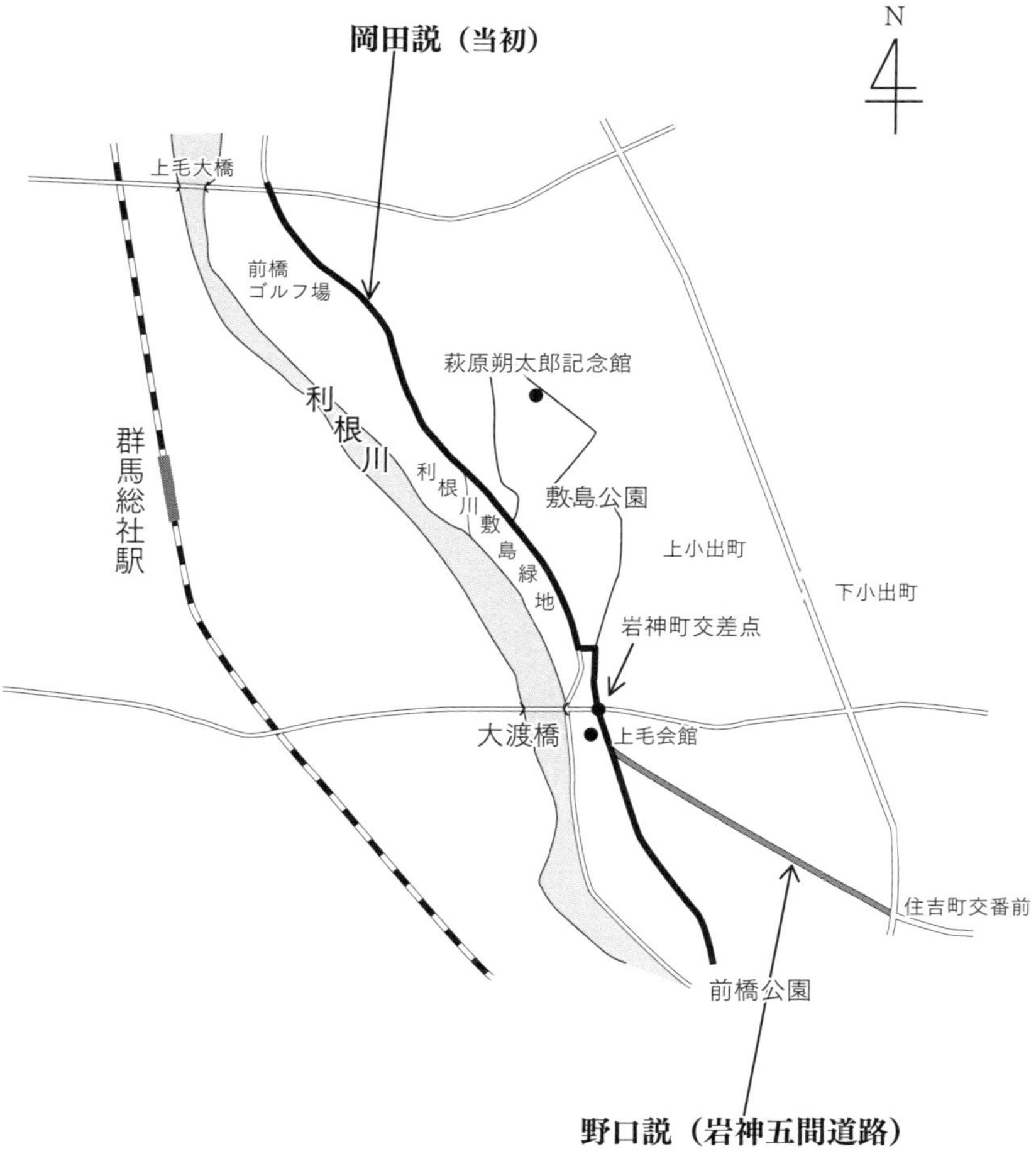
岡田説（当初）
N
上毛大橋
前橋
ゴルフ場
萩原朔太郎記念館
利根川
群馬総社駅
利根川敷島緑地
敷島公園
上小出町
下小出町
岩神町交差点
大渡橋
上毛会館
住吉町交番前
前橋公園
野口説（岩神五間道路）

7　種はなくてもタネはある

夏の果物と言えばまずスイカが浮かぶ（分類上は野菜だけれど）。こどもの頃、食べ過ぎてお腹を壊し、寝込んだこともある。それぐらい好きだった。今でも、こどもの頃のような無茶食いはしないけれど、よく食べる。

そこで今回の題材はスイカにしようと思って、スイカの出てくる詩を探してみた。少年詩などにはけっこうあるようだが、近現代詩には意外と少ない。そんな中、山村暮鳥の晩年の詩集『雲』には八作品にスイカが出てくる。その内六作品は「西瓜の詩」というまさにそのままのタイトルで、連作となっている。その中の二作を引いてみる。

西瓜の詩

農家のまひるは
ひつそりと
西瓜のるすばんだ
大《でつ》かい奴がごろんと一つ
座敷のまんなかにころがつてゐる
おい、泥棒がへえるぞ
わたしが西瓜だつたら
どうして噴出さずにゐられたらう

おなじく

どうも不思議で
たまらない
叩かれると
西瓜め

ぽこぽことい ふ

どちらもユーモラスで、丸くて大きなスイカが目に浮かぶ。今は核家族化が進み、スイカを丸ごと買う家は少なくなってしまったけれど、昔はお膳の上に丸ごとでんと乗っていた。それを切り分け、縁側に座って、庭に種を飛ばしながら食べていた記憶がよみがえってくる。

詩ではないけれど、芥川龍之介の「耳目記」（昭和二年）という作品にもスイカが出てくる。

或果物問屋《くだものとんや》の娘の話。——川に西瓜《すゐくわ》が一つ浮いてゐると思つたら、土左衛門《どざゑもん》の頭だつたのです。

これもおもしろい。スイカと人間の頭をまちがえるかとも思うけれど、そのナンセンスさがおもしろい。

スイカは果肉の赤い色から、血を連想させ、それが死や、女性の初潮や初体験時の象徴になったりもする。メキシコの女性画家フリーダ・カーロの静物画が頭に浮かぶ。切られたスイカの断面の強烈な色彩が、血と結びついたエロティシズムを感じさせる。

こどもの頃に話を戻すと、当時、種なしスイカというのがあって、これが不思議でならなかった。種がないのにどうしてできるんだろう。種なしスイカの種ってあるんだろうか？

この疑問が解けたのは、大学に入って、その作り方を習ったときだった。種なしスイカにも種はあるんだと分かって、何だか目の前がぱっと開ける気がした。

ここでその作り方を簡単にご紹介します。知ったところで何かの役に立つというものでもないけれど、話のタネぐらいにはなるかもしれません。（簡単に、と書いたけれど、専門知識のない方には少々難しいかもしれない。分からなくても、まあそんなもんかという感じで読んでください）

まず普通の二倍体のスイカの苗にコルヒチンという薬品を処理し、四倍体にする（いきなり何のこっちゃ、と言われる方のために少々説明すると――、二倍体というのは、同形質の染色体が対になって存在するもので、たいていの生物の染色体――遺伝子を含むもの――はこの構造になっている。何倍体というのは、この染色体がいくつの組み合わせになっているかを示している）。次に、このできた四倍体のスイカの雌しべに二倍体のスイカの雄しべを受粉させると、三倍体のスイカができる。このスイカの種がいわゆる〈種なしスイカの種〉というもので、これを播き、成長したその苗の雌しべにさらに二倍体のスイカの雄しべを受粉させると、種なしスイカができあがる。なぜ種ができないかというと、奇数倍体の植物は種子を作らないという性質を持っているためで、種なしスイカはその性質を利用している。最近ではまったく種なしスイカを見かけなくなったけれど、これは生産コストが割高になり、需要が広がらなかったためではないかと思われる。

それに対してブドウでは、小粒のデラウェアなど、今や種のないのが当たり前になっている。あんな小さな袋の中に種があっては食べにくいというのが普及の要因だろう。

ついでに種なしブドウの作り方も参考までに。

種なしスイカが染色体の仕組みを変えて作るのに対して、種なしブドウの方は、植物の成長ホルモンを利用して作る。

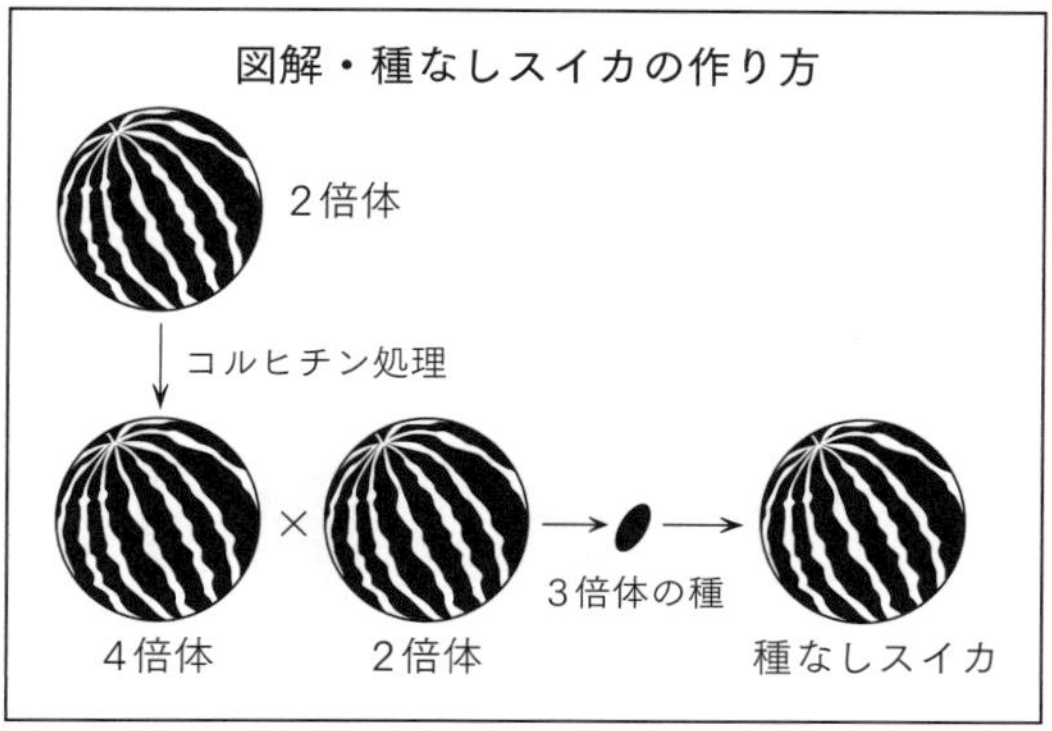

植物の中にはジベレリンやオーキシンといった成長を調節するホルモンが天然に含まれている。ある時には成長を抑制し、あるときには成長を促進させるという二つの働きがある。

まず開花前のブドウ（デラウェアの場合。品種によって多少時期が異なる）の房をジベレリンに漬けると、ジベレリンが成長のマイナス方向に働き、種の形成を抑える。これでまず種がなくなるわけだが、これだけでは肝心の果肉（子房）も成長しなくなる。植物は受粉して種ができることによって、それを包む果肉も膨らんでいくわけだから、これでは困る。そこで、開花後にもう一度ジベレリンに漬ける。すると、ブドウは受粉したと錯覚し、果肉を膨らませていく。人間で言えば、たとえは悪いけれど、想像妊娠でお腹が膨らんでいくようなものである。

このように種なしブドウの場合、ジベレリンの液体に房を二度漬けるだけだから、種なしスイカに比べれば、はるかに簡単にできあがる。コスト的にも安くすみ、食べる方にとっても食べやすいということで、今日のように普及するようになったのだろう。

スイカからブドウの話になったので、最後に一篇、ブドウの詩も挙げておきます。

葡萄に種子があるやうに

高見順

葡萄に種子があるやうに

私の胸に悲しみがある

青い葡萄が
酒に成るやうに
私の胸の悲しみよ
喜びに成れ

（詩集『樹木派』より）

高見順がこの詩を書いた頃にはまだ種なしブドウは普及してなかったんでしょうね。

8　中也の植物　道造の植物

中原中也と立原道造。同時代を生き、同時期に相次いで早世した二人だが、その詩の世界は大きく異なっている。自らの胸中をナマのまま吐露するように歌った中也と、青春の感傷を夢見るように歌った道造。この二人の違いを詩の中に現れる植物の面から見たらどうだろう。おおよその予測は付くが、調べる過程で何か思いがけない発見があるかもしれない。

まずは立原道造から。

大正三年（一九一四）、旧東京市日本橋区橘町（現東日本橋）に生まれ、昭和十四年（一九三九）三月、二十四歳で亡くなっている。まさに東京のど真ん中の生まれであるが、その詩の背景となっているのはほとんど信州の高原である。先輩詩人で作家の堀辰雄と親しくなり、彼の保養先であった軽井沢の隣町、追分《おいわけ》に訪ねていったのがきっかけで、ここが道造の信州での拠点となった。高原の澄んだ空気の中で、水を得た魚のように、ソネット形式による独自の世界が生まれることになる。

夢はいつもかへつて行つた　山の麓のさびしい村に
水引草に風が立ち
草ひばりのうたひやまない
しづまりかへつた午さがりの林道を

うららかに青い空には陽がてり　火山は眠つてゐた
――そして私は
見て來たものを　島々を　波を　岬を　日光月光を
だれもきいてゐないと知りながら　語りつづけた……

（『萱草《わすれぐさ》に寄す』「のちのおもひに」最初の二連）

道造の代表作とも言える詩で、ここでは水引草《みずひきそう》（正式名ミズヒキ）が歌われている。長く伸びた細い花穂が祝儀袋の水引に似ているところからつけられた名前だが、その頼りなげに風に揺れる姿は可憐な少女のようでもあり、失恋を歌ったこの詩にいかにもふさわしい。全国各地の山野に自生し、近頃は町の園芸店でも売られているようだ。我が家の庭にもどこから種が飛んできたのか、生えている。毎年十月初め頃に開花しているが、信州の追分辺りだと夏の終わりには開花するかと思われるので、この詩の時期もその頃だろう。

他にどんな植物が歌われているか、手持ちの『立原道造詩集』（中村真一郎編　角川文庫）で調べてみた。以下はその結果である（表記は原文のまま）。

・第一詩集『萱草《わすれぐさ》に寄す』（作品数全十篇）――水引草、薊、ゆふすげ（ユウスゲ）、葡萄、無花果

・第二詩集『曉と夕の詩』（作品数全十篇）――林檎

・第三詩集『優しき歌』（遺稿詩集　作品数全十一篇）――薔薇

・未刊詩篇（作品数全八十八篇）――野ばら、薊、林檎、薔薇、まつむし草、ぎぼうしゅ（ギボウシ）、をみなへし（オミナエシ）、すすき、ゆふすげ、樅、ポプラ、落葉松、葡萄、石榴、カーネーション、アスパラガス、百合、すげ、ジャスミン、はしばみ、みやこぐさ、槇、そば

こうして拾い出してみると、意外に少ないなあと思う。特に第三詩集までに全三十一篇中わずか七種類の植物名しか出て来ない（未刊詩篇を含めると二十五種類）。それにも関わらず道造の詩に植物が頻出しているような印象を受けるのは、「花」「草」「林」といった、植物につ

ながる普通名詞が大半の詩に出てくるからだと思われる。都会育ちの道造にとって、ほんの数年、夏期に滞在しただけではそれほどたくさんの植物名を覚えられなかった、という理由もあるかもしれない。

第一詩集の書名ともなっている「萱草《わすれぐさ》」は詩集のどこにも出て来ない。この詩集に限らず未刊詩篇も含めて出て来ない。これはどういうことだろう。編者の中村真一郎が巻末の注解で、「詩人はこれを『夕萱《ゆうすげ》』（…別名「きすげ」）と混同視していたらしい」と書いている。萱草はその音読み「カンゾウ」が正式名で、「わすれぐさ」は異称。カンゾウには代表的なものとしてノカンゾウとヤブカンゾウの二種類があり、一重咲きのものがノカンゾウで、八重咲きのものがヤブカンゾウ。色合いは多少違うが、どちらも赤黄色の花を初夏に咲かせる。園芸店でも売られているので（属名のヘメロカリスの名で売られていたりもする）、街なかの人家の庭先でも見られたりする。

中村はこのカンゾウと夕萱《ゆうすげ》（キスゲ）を混同していたらしいと言うが、夕萱《ゆうすげ》は花が黄色でカンゾウとは見た目が違い、さらに詩篇には「ゆふすげ」が出てくるので、道造が混同していたとは考えにくい。詩集名にこの「萱草」を使ったのは、その異称である「わすれぐさ」という名に惹かれたからではないかと思う。なお「わすれぐさ」という異称は中国の「忘憂草《ぼうゆうぐさ》」（持っていると憂さを忘れる草）という別称からきている。

以上、最初に予想したほど多くの植物名は出て来ないものの、高原の詩人らしく、都会ではあまり見かけない野草が多く歌われていることが確認された。

次に中也の場合を見てみよう。

明治四十年（一九〇七）、山口県吉敷郡山口町（現山口市湯田温泉）に生まれ、昭和十二年（一九三七）、三十歳で亡くなっている。十六歳で京都立命館高校に転校し、十八歳で上京。以後、亡くなる年に鎌倉に転居するまで東京で暮らす。

都会で生まれ育った道造が緑あふれる信州に憧れたのに対し、地方都市に生まれ育った中也は、緑なんぞより東京の都会生活に憧れたことだろう。また中也の性状から考えても植物に関心を持ちそうにない。ならば詩の中の植物も少ないだろう、というような予想を立てつつ、道造の場合と同様、手持ちの『中原中也詩集』（河上徹太郎編　角川文庫）で、登場する植物を調べてみた。結果は次の通り。

・第一詩集『山羊の歌』（作品数全四十四篇）――百合、蓮、向日葵、松、曼珠沙華《ひがんばな》、楡《にれ》

・第二詩集『在りし日の歌』（作品数全五十八篇）――椎、柿、棉（ワタ）、ポプラ、菜の花

・未刊詩篇（作品数全二十九篇）――菫《すみれ》、松、いちじく

（注：大根のような食材、蕃紅花《さふらん》色のような比喩的なもの、造花などは除く）

予想よりはけっこういろんな植物が出てくる。全部で十三種類。作品数での種類の割合を比べると、道造の二十一%に対し、十%とほぼ半分。出現回数や、「花」「草」「林」といった植物に関する言葉まで加えると、この差はさらに大きく開く。そして中也の場合、まあ当然のことながら、ほとんどが都会のどこにでも見られる植物に限られている。ただひとつ、都会ではあまり見かけない植物で気になったものがある。それは次の詩に出てくる椎である。

含羞《はぢらひ》
——在りし日の歌——

なにゆゑに　こゝろかくは羞ぢらふ
秋　風白き日の山かげなりき
椎の枯葉の落窪に
幹々は　いやにおとなび彳《た》ちゐたり
枝々の　拱《く》みあはすあたりかなしげの

空は死児等の亡霊にみち　まばたきぬ
をりしもかなた野のうへは
あすとらかんのあはひ縫ふ　古代の象の夢なりき

椎の枯葉の落窪に
幹々は　いやにおとなびイちゐたり
その日　その幹の隙《ひま》　睦みし瞳
姉らしき色　きみはありにし

その日　その幹の隙《ひま》　睦みし瞳
姉らしき色　きみはありにし
あゝ！　過ぎし日の　仄《ほの》燃えあざやぐをりをりは
わが心　なにゆゑに　なにゆゑにかくは羞ぢらふ……

これは詩集『在りし日の歌』の巻頭の詩であり、中也の詩の中でもよく知られた一篇だが、同時に中也の詩の中では特異な一篇だとも言える。まず、このように植物を主対象に歌った詩は他にはないのではなかろうか。今まで挙げてきた植物は、どれも刺身のつまのように、詩の中では添え物として扱われている。しかしこの詩だけは、「椎」という植物が詩の対象そのものになっている。

詩集の冒頭には「亡き児文也の霊に捧ぐ」と記されていて、そのため詩集全体としての「在りし日」は、たった二歳で亡くなった長男文也を指していると言えるが、この「含羞《はぢらひ》」は文也の亡くなる一年近く前に発表されている(昭和十一年『文学界』一月号)。また、発表時には副題の「在りし日の歌」はなく、詩集刊行時に付け加えられている。従ってここでの「在りし日」は文也のことではあり得ない。

では誰のことか、「在りし日」とは何か。

このことについては多くの中也研究者がさまざまな解釈を試みている。例えば、詩人として過ぎてきた過去の日々であるとか、幼い日の中也自身であるとか、中には死後の自分を想定し、そこから「在りし日」の自分を見ているというような、かなり奇怪な解釈もある。しかし、詩を素直に読めば、ここは「姉らしき色」をした「きみ」の「在りし日」と捉えるのが自然だろう。具体的には、京都在住時から同棲しはじめた年上の泰子と捉えることもできるし、あるいはそれ以前の少年時、ほのかに思いを寄せた少女と捉えることもできる。いずれにしても、この詩はそうした年上の女性との淡い思い出を、椎の木(幹)に重ねて歌った詩だと捉えるべきだと思う。

「在りし日」とともに、この「椎」もひっかかる。

前述したように、都会では神社や大きな公園以外ではほとんど見かけない。山中の樹木であり、この詩でも山中での情景が歌われている。都会派の中也が東京近郊の山へハイキング、なんてことはちょっと考えにくい。としたらこの詩は故郷山口に帰省した折などに想を得たものではなかろうか。

そのような予想を立て、中也の年譜をひもといてみる。『年表作家読本　中原中也』という本があり、ここには日記などから中也の行動がかなり詳細に記されている。

昭和九年八月、妻の出産のため夫妻で山口へ帰省。九月下旬、出産の遅れのため、中也だけ単身帰京。十月十八日、長男文也誕生。十二月九日、山口に帰省。文也に初めて対面する。翌十年三月末、単身帰京。この帰京前の三月下旬、「この頃お天気よく、坊やを肩車して権現山《ごんげんやま》の方へ歩いたりす。」と、文也の死後、「日記」に書かれた「文也の一生」という文章中に出てくるという。また、帰京後まもなく訪れた友人に、「……坊やを肩車して山に登ったんだよ。肩にかかる重み、わかるかい、君は子供をもったことがないからね、君は……、あの重くはないが暖かい体温のある重さ、赤ん坊の体重。かわいいもんだよ」と話したという。

権現山というのはどういう山か調べたら、標高四十メートルほどの小山で、山頂には紀州熊野神社の祭神を勧請《かんじょう》した熊野神社がある（同名の権現山及び熊野神社は全国各地に多数ある）。中也の生家からは距離にして一キロ弱。歩いて山頂まで登ってもたぶん二十分ほどだから、ちょうどよい散歩コースだったのだろう。子供の頃には学校をさぼってはよく登ったという。だから帰省の折にもよく散歩がてらに登ったのではないかと思われる。

六月末にはまた帰省し、八月十一日には妻子と共に帰京している。そして、九月十九日には「山上のひととき」という次のような詩を書いている。

いとしい者の上に風が吹き
私の上にも風が吹いた

いとしい者はたゞ無邪氣に笑つてをり
世間はたゞ遥《はる》か彼方《かなた》で荒くれてゐた

いとしい者の上に風が吹き
私の上にも風が吹いた

私は手で風を追ひのけるかに
わづかに微笑《ほほえ》み返すのだつた

いとしい者はたゞ無邪氣に笑つてをり
世間はたゞ遥か彼方で荒くれてゐた

（『中原中也全詩歌集（下）』（講談社文芸文庫より）

この詩はまさに文也といっしょに権現山に登ったときのことだろう。三月下旬の帰省中のことか、六月末からの帰省中のことか、どちらのことか分からないけれど、詩の雰囲気からして後者の帰省中での様子を書いたのではないかと思われる。

さて、ここで「含羞」に戻る。この詩の書かれたのは、先ほどの年表に、〈十一月十三日、『文学界』正月号のために「含羞」を送る〉と出ているので、これに近い日だろう。としたら、この詩に書かれている「山かげなりき」の山はどこだろう。八月の帰京以後、中也は帰省していない。前述したように、都会派の中也が東京近郊の山に登ることなど考えられない（年表にもそのような記載はない）ので、この「山」はやはり故郷の権現山だと思える。「その日　その幹の隙《ひま》　睦みし瞳」とあるように、この詩は追憶の詩である。十六歳で故郷を離れるまで親しんだ権現山での少女との淡い思い出。それが帰省時、文也とその山に登った折などにふと思い出されたのではなかろうか。そしてその「少女」には、別れた泰子の姿も重ねられているように思われる。

ここで再び「椎」であるが、この「椎」はどうも椎の木ではないような気がする。椎というのは総称名で、日本にはツブラジイとスダジイの二種類がある。どちらも常緑樹である。ところが、この詩から受ける「椎」は落葉樹のイメージがある。

もちろん常緑樹も落葉するので、その下には枯れ葉が積み重なっていたりする。だから「椎の枯葉の落窪に」というのは問題ない。それよりも「枝々の　拱《く》みあはすあたりかなしげの」というのがひっかかる。これは木の真下にいて見上げているのだろうが、そうすると次の「空は死児等の亡霊にみち」というのがどうも映像として合わない。常緑樹でも繁った葉の隙間から空が見えないこともないが、この空はそんなわずかな隙間ではなく、もっと広がりのある空のように感じられる。常緑樹の葉をいっぱい付けた枝ではなく、秋も深くなり葉をかなり落としたあとの枝、それを「枝々の　拱《く》みあはすあたり」と言っているのではなかろうか。

そんなことから、これは常緑樹の椎ではなく、何か別の、例えば同じブナ科のコナラやクヌギのような落葉樹と間違えているのではないかと思えてきたりする。ただ権現山が神社の社領ということなので、神社によく植えられている椎も否定はできないが――。

中也の植物に対する知識はどの程度あったのだろう？

中也と道造。詩の優劣はともかく、こと植物の知識に関しては道造に軍配が上がるようだ。

9　なぜ葉は散っていくのだろう？

秋の落葉を歌った詩はたくさんある。中でも有名なのが上田敏訳によるヴェルレーヌの「落葉《らくえふ》」だろう。

秋の日の
ギオロンの
ためいきの
身にしみて
ひたぶるに
うら悲し。

鐘のおとに
胸ふたぎ
色かへて
涙ぐむ
過ぎし日の
おもひでや。

げにわれは
うらぶれて
こゝかしこ
さだめなく
とび散らふ
落葉《おちば》かな。

（『海潮音』明治38年所収）

口ずさんでいるだけで、何だかもの悲しくなってくる。上田敏の訳の中でも名訳の一つだろう。

ところでこの二行目の「ヰオロン」だが、これを「ギオロン」と読み間違えていた詩人がいる。これでは処刑台のギロチンか怪獣の名前のようで、せっかくの哀愁がだいなしになる。

「ヰオロン」とはバイオリンのこと。

濁点のない「ヰ」は、今では日本語の発音から消えてしまったけれど、片仮名ワ行イ段の文字で、平仮名だと「ゐ」に当たる。発音は「ウィ（wi）」。これに濁点が付いてヴィ（vi）となる。フランス語の綴りである violon を上田敏はそのままローマ字読みで日本語表記にしたようである。

話はそれるが、森鷗外の「ヰタ・セクスアリス」（vita sexualis）も発音のまま書くと「ウィタ・セクスアリス」。中学の時だったか、国語のテストで森鷗外の代表作を書けという問題があり、「ヰ」の字が思い出せなくて（というかあやふやで）、覚えていたアルファベットの発音のまま「ビタ・セクスアリス」と書いてペケにされた苦々しい思い出がある。vita（英語の life に相当する単語）がラテン語で、ウィタという発音になることを知らなかったんですね（知っていて、「ウィタ・セクスアリス」と書いてもペケにされただろうけど）。

ちなみに、このラテン語の発音が日本語に残っているものとして、ウィルス（virus）がある。一方、同じラテン語由来の vitamin はウィタミンではなくビタミン。

日本の医学は明治維新以来、ドイツの医学を模範として学んでいたので、ウィルスもビタミン同様ドイツ語読みでビールスという表記になってもよかったのに、なぜそうならなかったのだろう？　と思って調べたら、virusという言葉が入ってきて以来、長らくビールス（ドイツ語）、ウィールス（ラテン語）、バイラス（英語）などの日本語表記が混在していたが、「一九五三年に日本ウイルス学会が設立されたのを機に、本来のラテン語発音に近い『ウイルス』という表記が日本語の正式名称として採用された」（ウィキペディアより）とのこと。なるほど、と納得。

また本題に戻ります。
ヴェルレーヌの「落葉」の詩を知っていたのかどうか、日本での象徴派の代表的詩人とされる蒲原有明も次のような詩を書いている。

さいかし

落葉林《おちばはやし》の冬の日に
さいかし一樹《ひとき》、

（さなりさいかし、）
その実は梢いと高く風にかわけり。
落葉林のかなたなる
里の少女は
（さなりさをとめ、）
まなざし清きその姿なよびたりけり。
落葉林のこなたには
風に吹かれて、
（さなりこがらし、）
吹かれて空にさいかしの莢《さや》こそさわげ。

（中略）

わびしく実《みの》る殻の種子《たね》

サイカチの実（莢）

この日みだれて
　（さなりすべなく、）
音《ね》には泣けども調なき愁ひをいかに。
かくて世にまた新《あらた》なる
光あれども、
　（さなり光や、）
我は歎きぬさいかしの古き愁ひを。

（『独絃哀歌』明治36年所収）

こちらは落葉ではなく、全て葉を落とした樹上で、落ち残り、風に吹かれて鳴っているさいかしの実（莢《さや》）を歌っている。木の葉と実の違いはあるが、若い日を思い起こしつつ、老いた自分を嘆くという構図は同じ。さいかしの正式名はサイカチ。ニセアカシアなどと同じマメ科の落葉高木で、莢はエンドウの莢を大きくしたものを思い浮かべれば分かりやすい。

もう一篇、次のような詩はどうだろう。

1(a

le

af

fa

ll

s)

one

l

iness

文字の常套的な使い方を破棄した特異な作風で知られるアメリカの詩人、カミングズの代表的な一篇。大学の講義で毎年この詩を取り上げ、学生たちに訳させているが、未だかつて訳せた者はない。皆さんはどうでしょう。ちょっと考えてみてください。

どうですか？　分かりましたか？

一見難しそうですが、（　）のところに着目し、アルファベットを通常どおり横に並べ、字間を詰めると、すぐに答は出ます。

1(a leaf falls) oneliness

括弧の中は、「一枚の葉が落ちる」。括弧の下のonelinessと括弧の上の1を続けると、1oneliness。すなわち「孤独」。数字の1をアルファベットのLの小文字に見立てているわけです。カミングズの日本への熱心な紹介者である藤富保男さんはこの詩を次のように訳している。

一枚

1（ま

いの
葉が
おち
てい
る）
さびし
さ

のひとしお

最初の1(aをタイトルとも捉え、俳句的に訳している。カミングズが俳句に関心があったからこのように訳されたのかもしれない（実際に関心があったかどうかは知らないが）。ついでながら拙訳も記すことにする。タイトルは「落葉《らくよう》」。

1枚の葉っぱが落ちていく　孤独に包まれて

括弧の部分をlonelinessが包んでいると捉えて訳したのですが、どうでしょうか？　藤富訳と同じように何字かずつ横書きにすれば、もっと原詩に近い感じになると思いますが。

以上三編、いずれも落葉（または落葉後の情景）に人生の寂寥を重ねている。こうした晩秋の情感は万国共通のようだ。

一方、この落葉という営みを植物の側から見ると、かなり事情が違ってくる。感傷からはほど遠い、生死に関わる切実な問題がそこにはひそんでいる。その説明をする前に、まず質問。

秋になると、なぜ葉は散っていくのだろう？

この問いに対して多くの人は、寒くなり葉が枯れるからだと答えると思う。でもそれはまちがい。葉が枯れるのは結果であって理由ではない。正解は、眠るのに邪魔になるものを捨てるため。

冬になると、クマやカエルなどの動物と同じように、木も冬眠する。植物の世界ではこれを休眠という。冬の間活動を休止し、じっと寒さに耐えながら春を待つのである。眠るのだから葉はいらない。葉は植物の生産活動を行う器官だから、これがあると眠りの妨げになる。それで寒さの厳しい冬が来る前に葉をふるい、眠りに入る態勢を整えるというわけである。ちなみに、葉を落とさない常緑樹も新たな葉の成長を抑えて休眠状態に入る。

葉を落とす仕組みには、7章で書いた種なしブドウと同様の成長ホルモンが関わっている。種なしブドウではジベレリンという成長ホルモンを利用していたが、落葉ではオーキシンという成長ホルモンが関わっている。秋が深まるにつれ、葉の中のオーキシンが減少し、それによって落葉が起こる。

成長ホルモンというのは、これも7章で書いたように植物の成長を制御する働きを持っている。成長の促進ばかりか、時と場所によって成長を抑制したりもする。落葉の場合はこの抑制が効かなくなることによって起こる。具体的には、オーキシンが葉の中にある間は抑制されてできなかった〈離層〉という組織が、その減少につれて葉の基部にでき、これが落葉の直接の原因となる。〈離層〉というのは、言わばトカゲのしっぽのようなもので、これができることにより葉は少しの風にも散ることができるし、その際に木を傷つけることもない。また葉が枯れるのは、この離層によって生育に必要な養分が葉の方に送られなくなるためである。紅葉や黄葉もこの離層ができることによって起こる。話がややこしくなるので、これについてはまた別の機会にでも（↓17章で解説）。

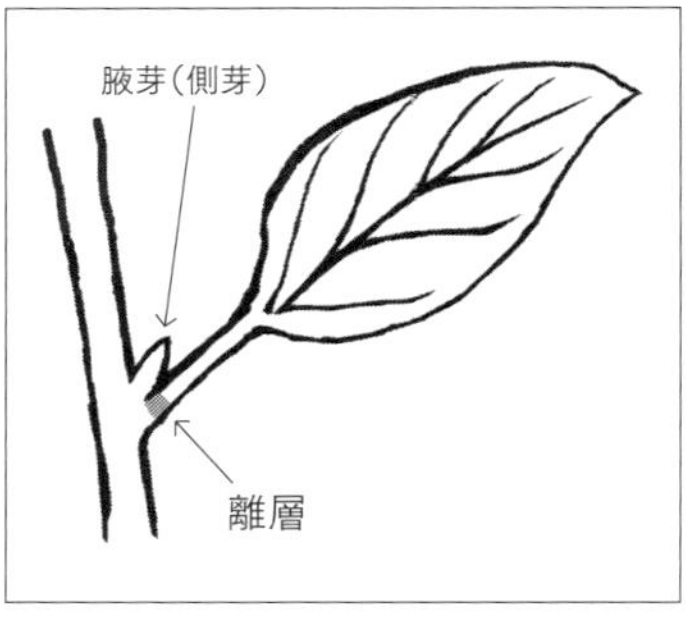

落葉がこのような仕組みで起こることが分かれば、この逆に落葉を人為的に防ぐこともできるはずである。オーキシンを外から葉に与えれば、落葉はいつまでも起こらない。木を冬中茂らせておくことも理論的には可能なはずである。

O・ヘンリーの有名な短篇「最後の一葉」が頭に浮かぶ。

もしあの貧しい老画家がこの方法を知っていれば、冷たい雨に打たれて死ぬこともなかったろう。雪まじりの雨の中、壁に苦労して葉っぱの絵を描いたりしなくても、ちょいちょいと葉にオーキシンを塗るだけで落葉を止められたのに、と思う(実際にはこんな簡単な方法ではできないとは思いますが)。

落葉の仕組みについてはこれで分かったが、まだ一つ疑問が残る。「秋になると、なぜ葉は散っていくのだろう?」の、「秋になると」の部分である。樹木がこの時期に決まったように葉をふるうのは何を目安にしてのことだろう? 早すぎてもまずいし、遅すぎてもまずい。やはり何らかの目安がいるはずである。それは何だろう?

多くの人は気温だと答えると思う。ある一定以上に気温が下がると散るのだと。もちろん気温も関係しているが、それだけではあまり適当な目安とは言いがたい。年によって違いがありすぎるし、同じ年でも寒い日があったり暖かい日があったりする。これでは樹木も迷ってしまう。そこで目安として選んだのが日長(昼間の長さ)である。

日の長さは年によって違うというようなことはない。秋が更けるに従って、日々短くなっていく。樹木はこの日長によって落葉の時期をつかんでいるのである。極端な話、いくら気温が下がっても(限度はあるが)、日の長さが夏並みであれば落葉は起こらない。

この証拠を我々は身近に見ることができる。

初冬の頃、街を歩いていて、ほかの木はみんな葉をふるっているのに、一本だけ葉を残している街路樹がたまにある。そんな木をよく観察すると、そのそばにはたいてい街灯が立っている。街灯の明かりによって、木は「まだ日が長い。葉を落とす時期ではないな」と思い込み、いつまでも葉をふるえないでいるのである。

目の見えないはずの木がどのようにして光を感知しているのか知らないが、思えば気の毒な話である。ほかの木がみんな葉をふるって眠ってしまったというのに、ひとりだけ葉をつけて、こうこうと照らす明かりの下でいつまでも眠れないでいる木というのは、そんな木の気持というのはどんなのだろう。

クリスマスシーズンにはたくさんの電球（最近では発光ダイオード）が木に取り付けられる。そのイルミネーションを美しいと思って見ているけれど、時々ふっと、こんなに明るくてはせっかく眠った木が目を覚ますんじゃないかと思ったりもする。

10　ツバキは唾《つば》の木？

——ツバキとサザンカ

まずはクイズから。

次の二つの詩にはそれぞれツバキとサザンカが描かれています。どちらがツバキでどちらがサザンカか分かるでしょうか？（〇のところに植物名が入ります。文字数で当てられないようにどちらも〇４つにしています）

〇〇〇〇

北川冬彦

女子八百米リレー。彼女は第三コーナーでぽとりと倒れた。

落花。

（『検温器と花』より）

人をおもへば

三好達治

人をおもへば〇〇〇〇の
花もとぼしく散りにけり
土にしきたるくれなゐの
淡きも明日は消えなむを

（『花筺《はながたみ》』より）

ちょっと植物に関心のある人ならすぐに分かるはず。
答は最初の北川作品がツバキ（〇の部分は「椿」）で、後の三好作品がサザンカ（〇の部分は「山茶花《さざんくわ》」）。
なぜそうだと分かるかというと、花の散り方が両者で違っているからです。サザンカは花びらの一枚一枚が散っていき、ツバキは花が丸ごと落ちる。北川作品では「ぽとり」で、三好作品では「散りにけり」でその落花の違いを示している。

三好達治にはツバキの落花を描いた詩もあり、そこでは次のように描写されている。

海の遠くに島が……、雨に椿の花が堕ちた。鳥籠に春が、春が、鳥のゐない鳥籠に。

(『測量船』「Enfance finie」冒頭)

「散る」ではなく、「堕ちた」とし、サザンカとツバキできちんと言葉が使い分けられている。まともな文筆家ならこれは当たり前。俳句でも次の通り。

女家族は紙屑多し山茶花散る　　中村草田男

網干場にすたれてつもる落椿　　水原秋桜子

草田男の句では、紙屑にサザンカの散った花びらを重ね、秋桜子の句では、「つもる」という表現でツバキの落ち重なっている様子が歌われている。

最初のクイズに外れた方には申しわけないけれど、ツバキとサザンカのこうした違いはほぼ一般常識。病院のお見舞いにツバキを持っていってはいけないことはよく知られている。花の落ち方が、「首が落ちる」を連想させ、不吉だからというのがその理由。最近はお見舞いに生花そのものを拒む病院が増えている。生花の病原菌を警戒してのことのようです。

花よりも葉の美しき——ツバキ

詩歌をたしなむ人には植物愛好家が多い。詩人の中でも西脇順三郎は植物に造詣が深いことで知られている。いわゆる観賞用の植物だけでなく、野草なども詩の中にたくさん出てくる。特に詩集『旅人かへらず』には植物が頻出する。そこでこの中からサザンカとツバキを探してみた。結果は、ツバキが一度、サザンカも三度だけ。身近な植物だけにもっと多く出てくるかと思っていたが、意外に少ない。

それぞれの詩を紹介します。まずはツバキから。

山の椿は
年中花の咲くこともなく
枝先の白い芽は葉の芽
花よりも葉の美しき

黒ずめるみどり
かたく光るその葉
一枚まろめて吹く
その頬のふくらみ
その悲しげなる音の
山霊にこだまする
冬の山の静けさ

（連番「一二三」）

二行目に、「年中花の咲くこともなく」と書かれているが、そんなツバキってあるのだろうか？　一行目に「山の椿」とあるので、これはたぶん園芸品種ではなく、日本古来の自生種であるヤブツバキのことだと思う。

ヤブツバキは暖地の常緑樹で、照葉樹林の代表的な樹種。日当たりのよい場所を好み、伊豆

ヤブツバキ

大島、足摺岬などの名所は海岸沿いに群落を成している（北陸や東北の日本海側には豪雪などの環境に適応したユキツバキという変種もある）。日当たりを好むけれど、山中の薄暗い樹林でも充分に育つ。ただ、花付きは悪くなる。かつて勤めていた公園にもヤブツバキの樹林があったが、背後の常緑樹に覆われて、奥の樹林内では花は見られなかった。西脇の、「年中花の咲くこともなく」もこうした場所でのことを言っているのかもしれない。ただ、道沿いの多少でも日の当たるところではそれなりに花が咲いていたのではなかろうか。

この詩では、「花よりも葉の美しき／黒ずめるみどり／かたく光るその葉」と、葉の美しさを愛でている。これは西脇独自の美意識というよりも、古代より受け継がれてきたツバキに対する美意識だと言える。古いところでは、「古事記」の雄略天皇記に次のような長歌が出てくる。

新嘗屋《にひなへや》に生ひたてる　葉広《はびろ》　ゆつ真椿　そが葉の　広《ひろ》りいまし　その花の　照りいます
高光る　日の御子《みこ》に　豊御酒《とよみき》　献《たてまつ》らせ
（新嘗の儀のためのご殿のところに生え立っている葉の広やかな、清浄なりっぱな椿、その椿の葉が広やかであるように広大でいらっしゃり、その花が照り輝くように明るく輝いていらっしゃる日の御子の天皇さまに、よい豊かなお酒をさしあげなさいませ。）

（『古事記物語』太田善麿　現代教養文庫より）

雄略天皇が奈良の長谷《はつせ》のケヤキの大樹の下で酒宴を催していたとき、采女《うねめ》の運んできた盃に上から落ちてきた葉っぱが入っていたことに天皇は怒り、采女の首を刎ねようとする。しかし彼女が咄嗟に言い訳として歌った歌に感心し、その罪を許す。このとき横にいた皇后が二人の仲を取り持つように歌ったのが右の歌。ツバキの葉の立派さにたとえて天皇を褒め称えている。しかし、盃に葉が入ったぐらいで娘の首を刎ねようとするとは、「広やか」どころか、何とも短気で恐ろしい天皇ですねえ。

（ちなみに、この「葉広《はびろ》　ゆつ真椿」は仁徳天皇記に、皇后が天皇の浮気に嫉妬して歌う歌にも出てくる。その箇所の原文は「波毘呂　由都麻都婆岐」で、雄略天皇記とまったく同じ）

奈良時代後半に成立した万葉集にも十首ほどツバキは歌われている。中でも有名なのが次の一首。

巨勢山《こせやま》のつらつら椿つらつらに見つつ思《しの》ばな巨勢の春野を

（巻一　五四　坂門人足《さかとのひとたり》）

「大宝元年（七〇一年）辛丑《かのとうし》の秋九月、太上天皇（持統天皇）の紀伊の国に幸しし時の歌」と前書きにあるからまだ花の咲いていない時期。巨勢山に連なっている椿を見ながら、花の盛りの巨勢の春を思い浮かべてみよう、というような意。「つらつら椿」には「列列椿」という字が当てられている。巨勢は現在の奈良県御所《ごせ》市古瀬《こせ》一帯。

平安時代以降、椿はなぜか歌にあまり登場しなくなる。ただ平安末期から鎌倉時代にかけて、突然「玉椿」と言う名でふたたび出てくるようになる。

ちはやぶる伊豆のお山の玉椿八百万世《やほよろづよ》も色は変わらじ
「続後撰和歌集巻第二十・賀」鎌倉右大臣

これは鎌倉三代将軍源実朝の歌。ここでも花ではなく、ツバキの葉の変わらぬ緑（常緑）をたとえに貴人の長寿を祝っている。

「玉椿」と言っても、そういう品種があるわけではなく、「玉」は単なる美称。永遠を意味する「八千世（代）」などにかけて歌われる常緑樹は普通マツだが、それと同じ用法で「玉椿」

が使われている。要するにマツと同様の意味を帯び、枕詞的に復活したようだ。

ツバキの語源——上代特殊仮名遣い

ツバキの名は「厚葉木《あつばき》」や「艶葉木《つやばき》」が訛ったものと言われている（厚葉木は貝原益軒、艶葉木は新井白石の説が出所とのこと）。ただこの語源説に疑問を呈している人たちもいる。その根拠になっているのが万葉仮名の「上代特殊仮名遣い」。この説明の前に万葉仮名について少々記します。

平安時代に仮名が誕生し定着するまで、全ての文章は漢字だけで書かれていた。日本の言葉を外国の文字である漢字を使ってどう書くか。苦心の末に考え出されたのが万葉仮名だった。これは漢字の意味は無視し、その音《おん》を日本語の音《おん》に当てはめるという方法。中には特殊な用法もあるが、基本的には日本語の音ひとつに漢字を一文字当てはめるという方法。例えば、「あ」という音を表したいとき、「阿」という漢字を使うという具合。

大伴旅人のよく知られた歌「世の中は空しきものと知る時しいよいよますます悲しかりけり」（万葉集巻五　七九三）の前半は、「余能奈可波　牟奈之伎母乃等　志流等伎子」という具合に書かれている。前述の巨勢山の歌では、「巨勢山乃　列列椿　都良都良爾」となっていて、ここでは「山」と「列」に日本語の訓が混じったりしている。

さてそこで「上代特殊仮名遣い」だが、現代では同じ発音でも上代では微妙な発音の違いによって文字（漢字）が使い分けられていた、とする考え方。

現代では母音が五つしかないが、万葉仮名の漢字の使い分けから、上代には母音が八つあったという説が出てきた。清音では「い」段の「き、ひ、み」、「え」段の「け、へ、め」、「お」段の「こ、そ、と、の、も、よ、ろ」などに二種類の発音（母音の違い）があったとしている。

例えば、「恋」と「声」の「こ」。どちらも現代では同じ発音だが、万葉仮名ではきちんと書き分けている。「恋（こひ）」の「こ」には「古、故、高、胡、姑、固、枯」などの漢字が当てられ、「声（こゑ）」の「こ」には「許、去、居、虚、巨、興」などが当てられている（この例は、山口仲美『日本語の歴史』から拝借しています）。こうした二種類の音を甲類と乙類に分け、甲類には現代の発音と同じものを、乙類には現代から消滅した音を置いている。「恋」と「声」の場合、「恋」の「こ」が甲類（つまり現代の発音）で、「声」の「こ」が乙類に分類されている。

ここでツバキの名の語源説に戻ります。

なぜ「厚葉木《あつばき》」や「艶葉木《つやばき》」を語源だとするのがおかしいか。それは今述べた「上代特殊仮名遣い」から見た場合、「木」に問題があるというのが根拠となっている。万葉集や古事記に出てくるツバキには「椿」「海石榴」「都婆吉」「都婆岐」などの字が当てられている。このうち「椿」「海石榴」は万葉仮名ではなく、ツバキそのものを表す固有名のようなもの。「椿」の字は国字だと一般に言われているが、異説もある。中国にも「椿」という字があり、そちらはセンダン科のチャンチンを指している。このチャンチンとよく似た木にチャンチンモドキ（ウルシ科）という木があり、その実がツバキの実と似ているため、日本では椿の字がツバキの意に転じたという。これは帝京大学薬学部元教授木下武司さんの説で、そのウェブサイト「神木ツバキとその語源について」には上記の説明のあと、「どちらも実を利用するので、花や葉などの特徴は似ていなくても、混同されて不思議はない」と記されている。

一方、「海石榴」の方は、遣唐使が持ち込んだツバキの赤い花を見て、「同じ赤い色の花をつけ、当時の中国人がこよなく愛したとされる石榴《ザクロ》の名前を与えたのであろう。当時の中国は文化、文明の先進国であり、中国人が付けた名前を遣唐使がそのまま日本に持ち帰り、それをツバキに当てたと推定できるのである」（同「神木ツバキとその語源について」より）としている。「海」の字は中国国内にない物（いわゆる海外産）に付けられる。つまり、「海石榴」は海外産の石榴ということになる。

残りの「都婆吉」「都婆岐」が万葉仮名だが、ツバキの「キ」に当たる漢字に「吉」や「岐」が当てられている。この二つの字は前述の「上代特殊仮名遣い」では甲類（現代の発音と同じもの）に当たる。一方「木」は乙類で、明らかに発音が違うから、「厚葉木」や「艶葉木」が語源だとするのはおかしいという理屈である。

ではツバキの語源は何か？

折口信夫の語源説――唾《つばき》

いろいろな説がある中で、折口信夫の示唆した「唾（つばき）」説が有力な説のひとつとなっている。自身のエッセイで折口は次のように述べている。

口から吐く唾と花の椿とは、関係があつて、人の唾も占ひの意味を含んでゐたのは事実だ。つはつばの語幹であり、唾はつばきである。椿がうらを示すもの故、唾にも占ひの意味があるのだらうと考へたのである。どの時代に結合したか訣らぬが、時代は古いもので、つに占ひの意味が含まれてゐる。だから、椿と言ふ字が出来て来る。春に使われる木だから椿の当て字が出来た。（「花の話」より。傍点、傍線は原文のまま）

分かりにくい文章だが、ここでの「うら」は「前兆・先触れ」的な意味で使われている（ツバキは春の先触れ）。唾（つばき）は、「つ（唾・津）吐く」の連用形で、「つ吐き」。「人の唾も占ひの意味を含んでいた」と折口は書いている。唾《つば》にそうした呪術的な意味合いがあることは、日本書紀や古事記の記述にも見て取れる。

イザナキが亡くなった妻のイザナミを黄泉の国に訪ねる話が記紀の両方に出てくる。その共通する話を要約すると――。

黄泉の国を訪ねたイザナキに、イザナミは「私の姿を見ないでください」と頼む。しかしイザナキは我慢できずに見てしまう。そして、妻の変わり果てた醜い姿に驚き、逃げ出す。「よくも見たわね」とばかりにイザナミが追いかける。イザナキは大きな岩で道をふさぎ、何とか妻の追跡を防ぐ。怒ったイザナミは「あなたの国の人間を一日に千人殺してやる」と罵る。イザナキも「それなら俺は一日に千五百人の人間を産ませてやる」と言い返す。

これが記紀の始めに登場する有名な話だが、ここには「唾」は出てこない。「唾」の出てくるのはこの話の別の言い伝えとして日本書紀に記された部分(巻第一第五段一書第十)。そこでは、「私の姿を見ないでと言ったのに、見ちゃうなんて、あなたの本当の気持が分かったわ」とイザナミに恨み言を言われたあと、イザナキが恥じて帰り際、「もう俺たちは別れよう。おまえには負けない」と言い、そう言ったイザナキの口から「唾《つば》く神が生まれ、その神を速玉之《はやたまの》男《お》と名付けた」という形で出てくる。

古事記では、海幸・山幸の話の中に出てくる。海の宮殿に行った山幸彦が海神の娘・豊玉姫の侍女に水を所望し、器に入った水をもらうが、それを飲まず、首に付けていた珠を口に入れ、唾とともに吐き出すと、その珠が器の底にくっついて離れなくなったと記されている。

どちらの話にも唾と玉（珠）がセットになっている。唾は言葉であり、玉は魂や霊。つまり人の発する言葉には霊力が宿っているとする言霊《ことだま》の信仰を示している。一方、ツバキも春の先触れとして霊力が宿っているとされ、それでこのふたつが結びついたとするのが折口信夫の「唾（つばき）」語源説の根拠になっているようだ。

シーボルトの仏訳──唾《つば》の木

この「唾（つばき）」語源説に関連して、ネットで興味深い記事を見つけた。和泉晃一という方の「草木名の話」と題されたウェブサイトで、そこに「上原敬三（高階註・敬三は啓二の誤り）著「樹木大図説」によれば、シーボルトの「日本植物誌」（Flora Japonica）に、ツバキがarbre de salive（唾の木）と訳されている」と記されていて、これには驚いた。氏はさらに続けて次のように書いている。

「シーボルトが日本に滞在した幕末の頃（1823–1828）は、平田篤胤（1776–1842）の国学が盛んであり、その思想にもとづく『ツバキの唾・起源』説を支持する鳴滝塾の塾生がいて、シーボルトに教えたのではないかと思われる。」

早速元になっている本（「樹木大図説」第三巻）を調べたところ、確かに、「シーボルト、ツッカリニの日本植物誌には arbre de salive 唾の木と記している」と書かれていた。さらに、念のため原書「日本植物誌」(仏語)を調べると、CAMELLIA(ツバキ)の項の最後のページ(161ページ)に、「Noms japonais」(日本名)という題の下、「Tsubaki, arbre de salive」と確かに書かれている。ここにはツバキの園芸品種の名などもずらっと並んでいて、例えば、Sira-tama(白玉)のあとには「pelotte blanche」(白い玉)と書かれている。このことから、「arbre de salive」というのも「ツバキ」という日本名の訳として書かれているのが分かる。ただ和泉氏が推測しているような「ツバキの唾・起源」説をシーボルトが知っていて書いたのかどうかは分からない。「白玉＝白い玉」同様、ただ単純に「つば」と「き」を分け、「唾の木」と訳した可能性もある。もし起源説を知っていたら、「arbre de salive」(唾《つば》の木)ではなく、単に「salive」(唾《つばき》)と訳したのではなかろうか?

この「唾(つばき)」語源説を「上代特殊仮名遣い」で見た場合どうなるか。「唾(つばき)」は「つ・吐き」なので、この「吐き」の「き」が甲類であれば、「都婆吉」や「都婆岐」の「吉・岐」と同じ甲類で問題ない。「吐き」の「き」は甲類か乙類か。ここまでくると専門外の自分には手に負えない。そこで大学の同僚で国文法を講じておられる先生にお尋ねしたところ、答はたちまちに出た。

先生曰く。「吐く」であれば四段活用なので連用形の「き」は甲類になるとのこと。「上代特殊仮名遣い」では四段活用の連用形はすべて甲類、同じく二段活用ではすべて乙類になるとのこと。

個々の単語についてはこちらが詳しいと見せてもらった「時代別国語大辞典　上代編」に「つはき【唾】」があった。ここには万葉仮名も記されていた。「豆波支《つはき》」（新撰字鏡享和本）、「都波伎《つはき》」（和名類聚抄）など。「支」「伎」とも甲類。

さらにここには、「(ツハシルやツハハクなどという言葉があることから）ツハという語形があったと思われ、それを動詞として活用させたツハクの名詞形であろう」とも書かれている。となると、「唾（つばき）」は「つ・吐き」ではなく「つは・き」となる。どちらも四段活用なので「き」の甲類であることは揺らがないが、「ツバキ」の語源を考えた場合、連用形の「つ・吐き」よりも名詞形の「つはき」の方がすんなりと言葉が移行するように思えた。

ところで、ここまでツバキの語源の根拠としてきた「上代特殊仮名遣い」の八母音説であるが、最近の研究では否定的な見方が多く、一九七〇年代以降、六母音説と五母音説が主流になっているようだ。そうなると「唾（つばき）」説も揺らぐのかどうか？　これ以上の追求は自分の学を越えている。

サザンカの語源

さて、「ツバキとサザンカ」と題しながら、ほとんどツバキの話になってしまった。最初の方で、西脇順三郎のサザンカの詩も紹介すると書いたきりになっていたので、遅ればせながらここで紹介します。

座敷の廊下を行くと
とざされたうす明りの
障子に映る花瓶に立てられた
山茶花の影の淋しき

（連番「一五四」より）

これを読んだとき、花びらのよく落ちるサザンカを生け花に使うのかなあと思ったのだが、調べるとけっこう使われているようです。でも、花の持ちはよくなさそう。

サザンカの語源は、中国（唐代末期）でツバキ科の植物を総称する「山茶」という言葉が日本に入り、日本原産のサザンカにこれを当て、「山茶花」とした、というのが一般的なようである。当初は「サンザクヮ（サンサクヷ）」と文字通りの発音であったのが、倒置現象（「茶山花」）によって、江戸中期頃から「サザンクヮ」となり、「サザンカ」となったとされている。

最後に、今回いろいろと調べていて、その中で出会った見事な一句を紹介して終わります。またまたツバキで恐縮ですが。

椿落て昨日の雨をこぼしけり　　蕪村（「蕪村遺稿」より）

11　ネズミもいればブタもいる
――植物名の中の動物

散れば咲き散れば咲きして百日紅　　加賀千代女

夏の花と言えばまずサルスベリが浮かぶ。詩歌では「百日紅」という漢名が当てられることが多い。これは周知のように、百日もの長い間咲いている紅い花という意から来ている。実際にはせいぜい七月中旬から九月中旬までの二ヶ月強が花期で、実態に合わせれば「七十日紅」とでも呼ぶのが妥当かもしれない。

中国南部が原産で、本家の中国では紫薇《しび》と呼ばれる（百日紅よりこちらが一般的）。これは唐代、長安の紫微（宮廷）に多く植えられたことからきている。和名のサルスベリは、幹がつるつるしていて、猿でも滑るという意からきている。古名として「さるなめり」の名も見える（「なめる」も「すべる」も同じ意味）。鎌倉時代後期（一三一〇年頃）に成立したとされる私撰和歌集「夫木《ふぼく》和歌抄」に藤原為家（一一九八〜一二七五）の次の歌が収められている。

あしひきの山のかけぢのさるなめりすべらかにても世をわたらばや

ただ、これがサルスベリのことかどうかは断定できない。というのも、サルスベリのように幹のつるつるした樹木は他にもヒメシャラ、ナツツバキ、リョウブなどがあり、これらのどの木を指しているのか、この歌からだけでは判然としない。「さるなめり」は幹肌のつるつるした木を指す総称として使われていた可能性がある。実際、これら三種の木を「さるすべり」と呼んでいる地方もあるという。ちなみに、ヒメシャラ、ナツツバキはいずれもツバキ科ナツツバキ属で、公園や寺院などによく植えられている。リョウブはリョウブ科リョウブ属で、山林の樹木。サルスベリはミソハギ科サルスベリ属でこれら三種とはまったく別の樹木。ただ幹肌がつるつるしているという点で共通している。

サルスベリがいつ頃渡来したかについては、従来、室町時代後期とする説が有力であったが、二〇〇九年、この説をくつがえす発見があった。「平等院鳳凰堂の阿字池を土壌調査したところ、九四〇年頃の地層にサルスベリの花粉が見つかった」（京都新聞　二〇一〇年五月二十五日付け記事）という。室町時代後期渡来説の根拠は、それ以前の文献にサルスベリと特定できる名が出てこないことによる。渡来の時期に六百年もの誤差が生じたのは、古くに渡来したものの、人々が身近に目にできるほど普及していなかったせいかもしれない。
俳句や短歌に多く詠まれるようになるのは明治以降で、その中のいくつか気に入ったものを挙げてみる。

百日紅乙女の一身またゝく間に　中村草田男
百日紅この叔父死せば来ん家か　大野林火
葬終へし箒の音や百日紅　鷲谷七菜子
花あかき百日紅の下にして子は立ちどまる影のみじかさ　北原白秋

夏を象徴する花で、詩歌の格好の材料だが、詩にはあまり出てこない。今回蔵書のめぼしいものを探したが、見つかったのは三好達治や西脇順三郎などの数篇だけだった。その中に、去年（二〇一四年）の正月に急逝した三井葉子さんの次のような詩があった。

しろいさるすべりのはなが立つときに

かたちはわたしのこころの臟とそんなにも似て残る
月もない日もない暗《くら》がりに　咲くしろいさるすべりがあれば
わたしは肉を奪《と》られるようにして　円心を落ちてゆく
こいびととの別れがきて　さるすべりのしろいはなに変れ変れ廻りながら　わたしが奪られてしまったしろいしろい暮れがたのはな。

（第四詩集『いろ』より「さるすべり」全）

三十歳前後の作で、三井詩特有の妖艶さが後年の作より色濃く表れている。それにしても、なぜここでは紅い花ではなく白い花なのだろう？　暗がりとの対比だろうか。あるいは、幹のなめらかさに肌の白さを重ねようとしたのかもしれない。後年、まさに『さるすべり』（二〇〇五年刊）と題した詩集を出されてもいる。サルスベリが数ある花の中でもとりわけお気に入りだったようだ。その表題詩「さるすべり」では、「そうなのだ／老いるのはだん　だん　光と似合ってくることなのだ」と始まり、「箔のような金のさるすべりが舞い落ちるのだった」と歌われている。白いサルスベリから金のサルスベリへの変化は興味深い。どんな色にも変わりうる白から、どんな色にも侵されることのない金へ、それが作者の歩んできた道でもあったのだろう。

さて、サルスベリのことから話を始めたが、今回の本題は植物の名前に付けられた動物のこと。

植物には動物の名を冠したものが多い。サルスベリは前述したように、つるつるした幹肌から「猿でも滑る」という意で付けられたが、このようなひねった命名は珍しい。だいたいは次の三種の理由で動物名が付けられている。

①外観の形状の相似。②本種と比べ有用性が低い。③形状の大小の明示。

これらの例をいくつかご紹介します。

まず、①外観の相似の代表格はイヌノフグリ。

漢字で書くと〈犬の陰嚢〉。これは果実の形が犬のフグリ（陰嚢《いんのう》。平たく言えばキンタマ）に似ていることからの命名。あの牧野富太郎が命名したとのことだが、牧野博士もよくこんな大胆な名前を付けたものだと感心する。春に淡いピンクの花を付ける可憐な野草で、今では帰化植物の近縁種オオイヌノフグリに追いやられ、見かけることが少なくなった。オオイヌノフグリの花は青色で、春になると野原にいちめん咲いているのが見られる。果実はやや扁平のハート型で、大きな犬のフグリという名とは逆に、フグリ（果実）はイヌノフグリの方が立派。

この花については詩に書いたことがある。「春の花」という題で、何だかオオイヌノフグリという名前がかわいそうに思えて書いた詩です。その後半を記します。

春
野原に出てよく見てごらん
生まれたての赤ん坊のようなこの花が
何を恥ずかしがるふうもなく
まっすぐ顔を空に向け
ぼくオオイヌノフグリです
って
誇らしげに咲いているのが分かる
（『夜にいっぱいやってくる』所収）

イヌの付く植物名は多く（動物の中で一番多い）、他にもイヌツゲ、イヌシデ、イヌタデ、イヌビエ、イヌマキ、イヌムギ等がある。これらの大半は②の分類、すなわち本種と比べ有用性

オオイヌノフグリ

が低い、役に立たないといった意味合いで付けられている。例えば、イヌビエ（犬稗）は食用にならないヒエという意で、イヌツゲ（モチノキ科）は本種のツゲ（ツゲ科）がさまざまな家具や工芸品に利用されるのに対し、有用性が低いという意で付けられている。

役に立たないなどと言われると犬がかわいそうだが、牛や馬と比べ、家畜としては役に立たないという意識からの命名だろう。犬侍などという言葉なども、「役に立たない」→「程度が低い」という流れから生まれた言葉ではないかと思われる。

イヌに対して、ネコの付く植物もけっこうある。イヌの次に多く、やはり身近な動物が命名の対象になるようだ。

代表的なのはネコヤナギ。銀白色のふさふさとした花穂をネコの尾に見立てて命名されている。キク科のネコノシタは葉の触感が猫の舌のようにざらついていることに、ネコノメソウは裂開した果実がネコの目のように見えることに由来する。このようにネコの場合、イヌと違って、「役に立たない」といったような意味付けはなく、ほとんどが①の外観の相似によって名付けられている。

ネコと来れば次はネズミ。牧野日本植物図鑑には四種ほど載っている。その中で一番身近な植物は垣根などに利用されるネズミモチ（モクセイ科）。これは果実の色（青みがかった黒）や形がネズミの糞に、葉がモチノキ（モチノキ科）に似ていることからの命名。果実からネズミの糞を想像するとは、それだけ昔はネズミの糞がそこらに転がっていたということか。

家畜ではウマやウシも多い。ウマでは、ウマゴヤシ、ウマノアシガタ、ウマスゲなどがある。ウマゴヤシ（馬肥やし）はマメ科の多年草で、牛や馬などの飼料や牧草になることからの命名。ウマノアシガタ（馬の脚形。別名キンポウゲ）は根生葉（茎の基部に放射状に出ている葉。ロゼットとも言う）を馬の蹄《ひづめ》に見立てた命名（と言うが、あまり似ているようには思えない）。

馬の別名である駒《こま》を付けたコマツナギ（駒繋ぎ）という野草もある。これは茎は細いが、馬をつなげるほど丈夫なことによる。我が家のすぐ横の空き地にも生えていて、夏ごろ、萩によく似た花を咲かせている。実際、引っぱっても切れないほど丈夫だったので、こちらは命名に納得。

直接ウマは付かないが、アセビには〈馬酔木〉と漢字が当てられている。有毒植物で、馬が葉を食べると酔ったようにふらつくということからの当て字。本当に馬がそうなるかどうかは不明。その前に馬はアセビの葉を食べたりしないのではなかろうか？　アセビの名は「足痺れ（あししびれ）の転」とか「足癈（あしじひ）」の転とか書かれたものもある（癈《しい》は体の器官が働きを失う意)。また有毒ゆえ、葉を煎じて殺虫剤に利用されるとのこと。

ウシではウシハコベ、ウシクサ、ウシノヒタイ、ウシコロシ(ウシゴロシとも)などがある。ウシハコベは、ハコベに比べ全体に大きいため牛に例えての命名。これは分類③に当たる。ウシコロシ(牛殺し)は何とも物騒な名前だが、これはウシを殺すための毒草などではなく、材を牛の鼻環に使ったことによる。正式名はカマツカ(鎌柄)。


さて、ここまでサル、イヌ、ネズミ、ウマ、ウシと出てきたが、これらで何か気づかれることはないだろうか? 勘のいい人はすぐに分かるはず。

そう、これらは十二支の動物たちですね。残りの干支《えと》にも植物名になっているものがあるか調べたら、すべてありました。代表的なものを記します(方言的なものは除く)。

トラ(寅)——オカトラノオ(丘虎の尾)。サクラソウ科の野草で、白い花穂の先端がトラの尾のように垂れ下がるところからの命名。

ウサギ(卯)——ウサギギク(兎菊)の一種のみ。キク科の多年草(高山植物)で、葉の形がウサギの耳を思わせることに由来とのこと(同じような形の葉はいっぱいあるのに、なぜこれだけにウサギが付くのか疑問)。「卯」の字を使ったウノハナ(卯の花)もあるが、これは陰暦の四月(卯月)に咲くからとか、正式名であるウツギ(空木)のウを取ったとか諸説あり、直接ウサギとは関係がない。

タツ（辰・竜）──タツノヒゲ（竜の髭・イネ科）、リュウノヒゲ（竜の髭・ユリ科）、ギンリョウソウ（銀竜草）など。タツノヒゲは細長い花序を、リュウノヒゲは細い葉をそれぞれ竜の髭に見立てて命名。ギンリョウソウは腐生植物と呼ばれる植物で、全体が白く透けていて、その不気味な姿からユウレイタケの別名もある。

ヘビ（巳）──三種ほどあるが、代表的なのはヘビイチゴ（蛇苺）。名前の由来は、「実が食用にならずヘビが食べるイチゴ、ヘビがいそうな所に生育する、イチゴを食べに来る小動物をヘビが狙うことからなど諸説がある」（ウィキペディアより）とのこと。

ヒツジ（未）──ヒツジグサの一種のみ。日本に自生する唯一のスイレン（他は外来種）。花色は白。名前の由来は、未の刻（午後二時）に花が開くとされたことによる。ヒツジは付かないが、ラムズイヤー（子羊の耳）という植物がある。シソ科の植物（原産は中近東）で、近頃は公園の花壇などでよく見かけるようになった。葉は銀白色の綿毛で覆われ、そのやわらかな触感と葉の形からいかにも羊の耳という感じがする。

トリ（酉・鶏）──ケイトウ（鶏頭）とハゲイトウ（葉鶏頭）の二種。どちらもヒユ科の一年草で、ケイトウの方は花の色や形状が、ハゲイトウの方は葉の色や形状がニワトリのとさかに似ていることからの命名。トリの付く植物は他にも数種あるが、それらはすべて鶏ではなく鳥に由来する。代表的なのは猛毒で知られるトリカブト。名前の由来は、花が舞楽で頭にかぶる鳥兜や礼装時に頭にかぶる烏帽子に似ていることから（どちらかというと烏帽子の形に近い）。

イノシシ（亥）――イノコヅチ（猪子槌）、イノデ（猪の手。シダ植物）、シシウド（猪独活）、シシキリガヤ（猪切り茅）の四種。最初の二つはそれぞれイノシシの外観の一部との相似から。シシウドは冬場にイノシシが掘り返して食うのに適していることから。シシキリガヤは葉の縁が鋭いためイノシシさえ切るほどだという意から。

これで十二支が全て出そろいました。

ほかにも動物の名を冠したユニークな植物があるので、それらをいくつかご紹介します。

ブタ――ブタナ（豚菜）、ブタクサ（豚草）の二種。ブタナはキク科のタンポポによく似た花で、ヨーロッパ原産の帰化植物。花期は五月から九月と長い。根生葉から長く伸びた茎（三〇センチから五〇センチほど）の頂上に花を付けるのが特徴で、他のキク科の植物と容易に区別が付く。名前の由来はフランスでの俗名Salade de porc（ブタのサラダ）を訳したもの。ブタのサラダとは、ブタの飼料になると言うことだろうか？　ちなみに英名はcatsearで、葉の形がネコの耳（cat's ear）に似ていることから命名されたとのこと（ちっとも似ているように思えないけれど)。

ブタクサはキク科の一年草。春の若葉はヨモギとよく似ているので、取り間違えないように要注意。名前の由来は英名のhogweed（豚hog＋雑草weed。ブタクサなど数種の総称）から。英名になぜhogと付けられたのかには、「豚しか食べない」「豚にしか適さない荒地に生える」などと書かれたものがあるが、実際のところは不明。

ノミノフスマ（蚤の衾）――ナデシコ科ハコベ属の一年草で、春から夏にかけてハコベと同じような白いかわいらしい花を付ける。名前の由来は、小さな葉をノミの夜具（衾《ふすま》）に例えたものとのこと。メルヘンチックな命名ではあるけれど、蚤の布団なんて、想像するだけで痒くなってきそうですね。

ホタルブクロ（蛍袋）――キキョウ科の多年草で、初夏に大きな釣り鐘状の花を下向きに付ける。花色は赤紫と白の二色ある。この大きな袋状の花の中にいかにも蛍が入って止まりそうで、これは秀逸な命名だと思う。

ほかにもキリンやクマ、タヌキやイタチ、シカやコウモリなどもある。鳥類ではスズメやカラス、キジやホトトギス、タカなどがあり、スズメとカラスの場合、分類③の形状の大小を表すために使われることが多い。例えばスズメノエンドウとカラスノエンドウでは前者の方が後者より形状が小さいことを表している。昆虫では前述のホタルやノミのほか、アリ（アリドオシ）やシラミ（ヤブジラミ）まである。魚類ではエビ（エビネ）やカニ（カニバサボテン）、サバ（サバノオ）やタコ（タコノアシ）まである。まるで植物の世界に動物園や水族館があるようですね。

こうした動物のほか、人に関する名が付いた植物もある。

例えば、幼い子供を意味する稚児《ちご》の付いたチゴユリやチゴザサ。これは普通のユリや笹より小さくてかわいいことからの命名。笹ではほかにオカメザサなんていう女性には失礼な名の植物もある。

外見ではなく、女性の呼び名を冠した植物もある。ヨメナ（嫁菜）やヒメジョオン（姫女苑）など（共にキク科）。嫁や姫はあるのに、夫や殿の付いた植物はない。どうしてだろう。昆虫にはトノサマバッタなんてあるのに。

これとは逆に、男の付く植物（オトコゼリ、オトコヨウゾメなど）はあっても女の付く植物はない。これまたどうしてだろう。オヒシバ（雄日芝）やメヒシバ（雌日芝）といった雌雄を示す植物はあるのに。不思議だ。

【附記】

女の付く植物はないと書きましたが、ひとつあることを思い出しました。オンナではなく、その古名であるオミナの付く植物。そう、オミナエシ（ヲミナヘシ。女郎花）。黄色い花を咲かせ、秋の七草になっている。名前の由来は二説あり、一つは美女をも圧《へ》す（へこます、圧倒する）ほどの美しさから、という説（ヲミナは古くは美女の意）。もう一つは、古くはオミナメシとも言ったことから、「女の飯《めし》」が語源だとする説。これは近種にオトコエシ（オトコメシ。男郎花）という白い花を咲かせる植物があり、それとの対になっている。オミナエシの黄色い花のつぼみを穀物の粟に見立て、オトコエシの白い花のつぼみを米に見立てている。男はエライので米を食い、女は男より劣っているので粟を食え、という。もしこの語源説が正解なら、かなり差別的な命名ですね。

12　はっかけばばあにくっつき虫
——植物の異称あれこれ

歌

中野重治

お前は歌ふな
お前は赤まゝの花やとんぼの羽根を歌ふな
風のさゝやきや女の髪の毛の匂ひを歌ふな
すべてのひよわなもの
すべてのうそうそとしたもの
すべての物憂《ものう》げなものを撥《はじ》き去れ
すべての風情を擯斥《ひんせき》せよ

もっぱら正直のところを
腹の足しになるところを
胸先きを突き上げて来るぎりぎりのところを歌へ
たゝかれることによつて弾《は》ねかへる歌を
恥辱の底から勇気をくみ来る歌を
それらの歌々を
咽喉《のど》をふくらまして厳しい韻律に歌ひ上げよ
それらの歌々を
行く行く人々の胸廓にたゝきこめ

これは中野重治の代表作であり、もっとも人口に膾炙した詩である。大正十五年九月、同人誌「驢馬」に発表され、いわゆるプロレタリア詩の先駆的な一篇ともなっている。

詩の内容はともかくとして、ここでは二行目に出てくる「赤まゝ」に注目したい。「赤まゝ」とは何ぞや。言葉は知っていても、それが何か知らない人がけっこういるのではなかろうか。

「赤まゝ」は「赤まんま」「赤のまま」とも呼ばれ、まんま（まま）は飯《めし》のこと。「そんなに値切られたら、おまんまの食い上げですわ」などと今でも使われたりする。では、この詩の

「赤まゝ」が「赤い飯」のことかと言うとそうではなく、うしろに「花」と付いているように、これはイヌタデという植物の俗称である。なぜそんな名が付けられたかと言うと、この花（正確には萼《がく》。アジサイの花と同じ）の蕾が赤い米粒（赤飯）のように見えるからである。

タデ科の一年草で、都会でも道端にごく普通に見られる。イヌタデの「イヌ」は11章の「植物名の中の動物」を読んだ方ならお分かりかと思うが、本種のタデに比べて役に立たない――ここでは葉に辛みがなく薬味や刺身のつまとして役に立たないという意で付けられている。花は初夏から秋の終わりにかけて咲く。

歳時記では秋の季語になっていて、多く詠まれている。例えば次のような句。

長雨のふるだけ降るやあかのまま　　中村汀女

秋のそぼそぼ降る雨に、道端の小さな赤い花がはかなげに濡れている情景が伝わってくる。下五の「あかのまま」には、雨にも流されず赤い色のまま、という意も重ねられているようだ。

手持ちの歳時記（角川文庫「俳句歳時記」）には「花を摘んで子供がままごと遊びにする」とも記されている。自分はそんな遊びをした記憶はないが、昔はよくされていたのだろう。三好達治の『花筐《はながたみ》』にもそんな情景を描いた詩がある。

けふはわが背のお誕生
赤のごはんをつくりませう

をゆびをそめし艸の香の
ほろにがかりし日の晝や

千代女《ちよぢよ》といひし幼などち
面かげははや忘《ばう》じたれ

をりふしゆかしなつかしし
かの一椀《ひとまり》の赤のまま

木かげにのべしたかむしろ
かのひとときの花の宴

イヌタデ

（「けふはわが背の」全）

達治はこどもの頃こんなふうにままごと遊びをしたのだろうか。どうも古武士のような風貌の達治からは想像できないが。「幼などち」の「どち」は友達。「たかむしろ」は竹で編んだむしろ（竹筵・簟）。

植物には異称を持つものが多い。同じ秋の季語となっている植物で言えば、ヒガンバナ。これは格段に異称が多い。地方の呼び名を合わせると千以上もあるという。そのうちもっともよく知られているのが曼珠沙華《まんじゆしやげ》（詩歌の世界ではむしろこちらの方がよく使われている）。ほかにも死人花《しびとばな》、地獄花、幽霊花などがよく知られているところだろうか。どれもおどろおどろしい名であるが、これは墓地などによく植えられていたからだと思われる。

ヒガンバナの鱗茎《りんけい》（球根の一種で、チューリップやタマネギと同）は有毒で、食べると吐き気や下痢を起こし、ひどいときには死に至ることもあるという。毒はまた薬にもなり、漢方では利尿や去痰の生薬として使われている。日本で田の畦や墓地によく見られるのは、この毒を嫌ってネズミや害虫が寄りつくのを防ぐためだと言われている。また、鱗茎を水にさらして毒抜きをすれば食用になるため、飢饉に備えて田の畦に植えたというような説もある。

今回調べたヒガンバナの異称の中には、捨子花《すてごばな》、はっかけばばあなどという珍妙なものもあった。

捨子花はともかく、「はっかけばばあ」って何だろう。「はっかけ」は「歯っ欠け」だろうか。歯の欠けたおばあさん？　そうだとしてもなぜこれがヒガンバナを指す名になったのだろう。よく分からない。そこで調べたら、「葉欠け」が「歯欠け」に転じたのだという説があった。ヒガンバナは花の咲いているときには葉がなく、花が咲き終わってから葉が出てくる（スイセンの葉によく似た細く厚みのある葉）。そこから「葉欠け」になり「歯欠け」になったようだ。「ばばあ」は歯が欠けているところから、語呂をよくするために付け足されたものだろう。埼玉県北部や静岡県沼津市でこう呼んでいるというブログの記事があった。埼玉から静岡というと、かなり広範囲にこの「はっかけばばあ」は通用しているようだ。

詩歌にはさすがに「はっかけばばあ」は出てこないが、前述したように曼珠沙華の名で多く歌われている。

曼珠沙華山家は馬のかがやけり　　水原秋桜子
曼珠沙華雲はしづかに徘徊す　　山口誓子
天上へ赤消え去りし曼珠沙華　　右城暮石

詩では白秋の「曼珠沙華《ひがんばな》」が歌にもなっていて（山田耕筰作曲）知られているが、ほかにはあまり浮かばない。それよりむしろ、曼珠沙華《まんじゆしやげ》と聞けば、〽赤い花なら曼珠沙華　という歌が口について出る（曲名は「長崎物語」）。戦前の流行歌なので、たぶんテレビの「懐かしの歌謡曲」などといった歌番組で聞き覚えたのだと思う。

他に異称を持つ植物を思いつくままに挙げてみる（括弧内が異称）。サルスベリ（百日紅《ひやくじつこう》）、エノコログサ（ネコジャラシ）、ウツギ（卯の花）、ハリエンジュ（ニセアカシア）、ススキ（尾花《おばな》）、マツヨイグサ（宵待草《よいまちぐさ》、月見草《つきみそう》）、ユリノキ（ハンテンボク）、ネジバナ（モジズリ）……など、挙げていけばきりがない。

ユリノキのハンテンボクは葉の形が着物の袢纏《はんてん》に似ているところから出た異称。ネジバナのモジズリは染色の一種で、陸奥《むつ》国信夫《しのぶ》郡（現在の福島市あたり）から出た忍草《しのぶぐさ》を使って、ねじれたような文様の織物「信夫毛地摺《しのぶもぢずり》」を作ったことに由来するという。これは百人一首の「みちのくのしのぶもぢずり誰《たれ》ゆゑに乱れそめにしわれならなくに（河原左大臣《かわらのさだいじん》　源　融《みなもとのとおる》）」で一般によく知られている。

ヒガンバナのように、ひとつの植物に多くの俗称があるものに対し、ひとつの俗称がさまざまな植物を指すものもある。その代表が「くっつき虫（ひっつき虫とも）」。これはその実が人間の衣服や動物の体毛などに付く様から名付けられ、オナモミ、ヌスビトハギ、ヤエムグラなどの俗称となっている。

マンリョウ（万両。ヤブコウジ科）、センリョウ（千両。センリョウ科）といったお金の名の付いた植物もある。一見俗称のようだが、どちらもこれが正式名。ただこれに便乗して（？）百両や十両と呼ばれる植物も現れた。万両や千両があるなら百両や十両も欲しい、ということだろうか。百両がカラタチバナ（ヤブコウジ科）で、十両がヤブコウジ（ヤブコウジ科）。さらに、それなら一両もということで、その名を付けられたのがアリドオシ（蟻通し。アカネ科）という植物。これらはどれも樹高が一メートル以下の低木で、冬に赤い実を付けることで共通している。特にマンリョウとセンリョウはその赤い実の鮮やかさと、そのありがたい名によって正月の縁起物とされている。また、最後のアリドオシを使って、「千両万両有り通し」なんてしゃれた地口《じぐち》もできている。

植物の異称はさまざまだが、どれも人間の生活と密接に関わっていて、異称から逆に昔の生活がうかがえたりもする。

13　王と宰相　――ボタンとシャクヤク

桜も散り、ツツジも盛りを過ぎる頃になると、初夏の花が次々と咲き出してくる。バラを筆頭に、ボタンやコデマリ、ウツギやフジ、カキツバタなどなど。これらの中で、ボタンはなぜかお寺に名所が多い。関西では奈良の長谷寺や當麻寺《たいまでら》が名高い。これはボタンが元々薬草として利用されてきたことと関係しているのかもしれない。これについてはまた後述するとして、まずは詩を一篇。

金粉酒

EAU-DE-VIE《オオドヰイ》 DE《ド》 DANTZICK《ダンチック》
黄金《こがね》浮く酒、

おお五月、五月、小酒盞《リケエルグラス》、
わが酒舗《バア》の彩色玻璃《ステエンドグラス》、
街にふる雨の紫。

をんなよ、酒舗の女、
そなたはもうセルを著たのか、
その薄い藍《あゐ》の縞《しま》を？
まつ白な牡丹《ぼたん》の花、
触《さは》るな、粉が散る、匂《にほ》ひが散るぞ。

おお五月、五月、そなたの声は
あまい桐の花の下の竪笛《フリウト》の音色《ねいろ》、
若い黒猫の毛のやはらかさ、
おれの心を熔《と》かす日本《にっぽん》の三味線。
EAU-DE-VIE DE《オオドキイド》 DANTZICK《ダンチック》

五月だもの、五月だもの――

ボタンと言えばまずこの詩が浮かぶ。

耽美派として白秋と双璧をなした木下杢太郎の第一詩集『食後の唄』(大正八年刊)冒頭の詩。杢太郎は南蛮の異国情緒と江戸情緒を融合した詩風で知られるが、この詩でも外来物と和物とを融合し、見事に五月のきらびやかな情景を浮かびあがらせている。

冒頭のフランス語「EAU-DE-VIE《オオドヰイ》」は直訳すれば「命の水」で、ブランデーのこと。「DE《ド》 DANTZICK《ダンチック》」は産地を表していると思われるが、それがどの辺りかはよく分からない(調べてみたら、ポーランドにDANTZICKの地名が見えるが、ここのことかどうかは不明)。

「まっ白な牡丹の花」は「酒舗《バア》の女」の象徴

ボタン

にもなっていて、次の行の「触《さは》るな、粉が散る、匂《にほ》ひが散るぞ」からは、女の艶やかな肢体が鮮やかに浮かびあがってくる。

ボタンの花は赤やピンクなど派手な色のものが多いが、ここでは女の肌の白さを表すためにあえて白い花にしたのだろう。花色は違っても中心部に群れ集まったおしべはどれも黄色で、この詩にあるように、触れたらいかにも花粉が飛びちりそうに思える。

余談だが、杢太郎はことのほか植物が好きだったようで、植物のスケッチ画を生前に872枚も描き、没後に『百花譜』として出版されている。

双璧のもう一方、北原白秋にもボタンを題材にした詩歌が多くある。書名にボタンの名を冠した『牡丹の木《ぼく》』という歌集もある（没後の翌昭和十八年刊）。これは書名に「木《ぼく》」とあるように、花を歌ったものではなく、冬の薪《たきぎ》用にもらったボタンの木を歌ったもの。ボタンを薪にする風習があるということはこれで初めて知った。いつ頃からの風習か調べてみたら、それほど古いものではなく、大正時代の初め頃、福島県の須賀川牡丹園の園主が園内から出る牡丹の枯木を供養するため、地元の親しい俳人らを招いて焚いていたのがしだいに広まったとのこと。その後、牡丹焚火は、「昭和五十三年に俳句歳時記の季語として採択され、須賀川の晩秋の風物詩として定着しました」と同園のホームページに記されている。白秋がボタンの木をもらったのも、この牡丹園の園主からであったと本歌集の序に記している。一首、挙げてみる。

須賀川の牡丹の木《ぼく》のめでたきを炉にくべよちふ雪降る夜半に

焚くとほのかな香りがすると言われ、環境省の「全国かおり風景百選」にも選ばれている。どんな香りがするのだろう。一度嗅いでみたい気がする。

もうひとつ、白秋にはボタンを歌った次のような風変わりな詩もある。

南蛮笠《なんばんがさ》に黒坊主、
お腰に牡丹《ぼたん》のつくり花。
　織田の信長気儘《きまま》もの、
　観兵式には飾り馬。

シルクハットで時おりは、
音楽学校観《み》に行こか。

大名の子どももお洒落《しゃれ》もの、
夕焼小焼にヴァイオリン。

（「織田信長」三連中最初の二連）

童謡集『象の子』に収められた一篇。初めて目にした時、白秋と信長の組み合わせに意外な気がした。一連目と二連目の落差も大きく、二連目などはとても戦国時代の情景とは思えない。「黒坊主」というのは実際に従者として召し抱えた黒人男性（弥助という名が付けられた）のことだが、今だったら差別用語で掲載不可になりそうだ。それはともかく、「お腰に牡丹のつくり花」とあるが、信長がそうしたものを付けていたという話は聞いたことがない。事実かどうか調べてみたが、それらしい文献には出会えなかった。ただ、岐阜公園内の信長居館跡から「菊花文」「牡丹文」の金箔瓦が出土したという記事（二〇一二年十一月二十六日記者発表）が見つかった。菊は天皇家の家紋でもあり、信長がそれを皇室から拝領し、自身の家紋のひとつにもしている。一方ボタンは、中国では古来「百花の王」とされ、花言葉にも「王者の風格」と記されている。菊と同様、権威や権力の象徴として、信長が腰に「牡丹のつくり花」を付けていたとしてもおかしくはない。

ボタンは中国が原産で、日本には奈良時代に渡来したとされている。右に「百花の王」と書いたが、中国でボタンが観賞用として愛でられ始めたのは唐の玄宗（在位七一二〜七五六）の頃からという。同時代の李白や少し後の白居易が玄宗の后となった楊貴妃をボタンになぞらえた詩を書いてもいる。日本では平安時代中期以降に詩歌などに登場してくる（『枕草子』の「殿などのおわしまさで後」の条がその最初とのこと）。

江戸時代以降にはキクやツバキと共にボタンの園芸品種も多数作られるようになる。ただ中国ほど人気がないのは、その花の派手さが日本人の好みに合わないせいかもしれない。

ボタンは最初に書いたように、観賞用としての歴史より薬草としての歴史の方が古く、日本に渡来した時も薬草としてだった。今も漢方では主要な薬草となっている。同じく漢方で利用されているシャクヤクは、ボタンよりさらに栽培の歴史が古く、そのためボタンは愛でられ始めた唐代、「木芍薬」と呼ばれていたという。

ボタンとシャクヤクと言えば、「立てば芍薬、座れば牡丹、歩く姿は百合の花」ということわざが浮かぶ。美しい女性を形容する言葉だが、元々は漢方の生薬の用い方をたとえたものという説もある。三種の植物とも婦人病の改善に用いられ、〈「立てば」はイライラとし気のたっている女性を意味し、そのような女性には芍薬の根を、「座れば」はペタンと座ってばかりいるような女性を意味し、それは「お血《けつ》」（腹部に血液が滞った状態）が原因となっていることがあり、そのような女性には牡丹の根の皮の部分を、「歩く姿は百合の花」は百合の花のようにナヨナヨとして歩いている様子を表現しており、心身症のような状態を意味し、その場合には百合の球根を用いる〉とのこと（北海道立衛生研究所薬草園　林隆章氏のブログより要旨を抜粋）。この説は説としてはおもしろいが、どうも後からのこじつけのような気がしないでもない。普通に考えれば、それぞれの花の容姿を女性の姿にたとえたとする方が素直な解釈のように思われる。

ボタンとシャクヤクは同じボタン属で、花だけ見ればほとんど見分けがつかないほどよく似ている。ではどこで見分けるかというと、二通りあって、まずは咲いている時期。ボタンの開花時期は四月下旬から五月中旬で、シャクヤクの方は五月中旬から六月中旬。つまり、ボタンの花が咲き終わる頃からシャクヤクは咲き出す。四月や五月の上旬に咲いていればボタンだし、五月の下旬や六月に咲いていればシャクヤクだと分かる。

ふたつの開花時期が重なっている場合は、幹（茎）の色の違いによって見分ける。ボタンは木本《もくほん》（木）なので、地上部の幹は少しゴツゴツとした茶色い木質になっている。一方シャクヤクは草本（多年草）なので地上部から伸びた茎は緑色の柔らかい軸になっている。これなら時期に関係なく、確実に見分けられる。

それにしてもこんなによく似た花なのに、ボタンの方がシャクヤクより人気が高いのはどうしてだろう？　ボタンの名所は多いが、シャクヤクの名所といったものは余り聞かない。これは中国でのランクの差がそのまま投影されているのかもしれない。「百花の王」のボタンに対して、シャクヤクは「花の宰相――花相」と呼ばれる。王と宰相（首相）の違い。

このように格下扱いのシャクヤクだが、現在ではボタンの栽培になくてはならないものになっている。植物は通常種子から栽培するが、前述したようにボタンは木なので、種子からだと大きくなるまでに時間がかかる。一方、シャクヤクは草なので、種子を播いてから大きくなるまでそれほど時間はかからない。そこで明治になってから、大量生産が可能なシャクヤクの台木にボタンの枝を接ぎ木する方法が考え出され、現在ではボタンの栽培はほとんどこの方法で行われている。

「百花の王」のボタンも宰相のシャクヤクがなければどうにもならない、というのは、人間の世界と通じるところがあっておもしろい。

【附記】

「金粉酒」は大正八年の『食後の唄』と、その後、昭和五年に出た『木下杢太郎詩集』（第一書房）

とではルビや漢字の表記、行替えなどで若干違っている。ここではたぶん作者自身が改稿したであろうと思われるため、後者の方を底本にした『日本詩人全集13』（昭和四十三年・新潮社）から引用した。

14

屋根の上のアイリス

――アヤメ科の植物あれこれ

いずれアヤメかカキツバタ

と昔から言われているように、この二つの植物は見分けにくいとされている。しかし、この区別はさほど難しいことではない。ここにさらにハナショウブやイチハツなど、同じアヤメ科の似た植物が加わってくると、少々難しくなってくる。

そこでまずこれらの見分け方を記します（見分け方などどうでもいいと言う方は、次のAからEまでを読み飛ばしてください）。

一番簡単なのが

A　生育場所。

①水辺に咲いていればカキツバタかハナショウブ。

（公園などでは水を張った水中に植えられている）

②乾いた土の上に咲いていればアヤメかイチハツ。

これでまずアヤメとカキツバタの区別はできる。

次に

B　開花期による見分け方。

①四月中旬から五月中旬――イチハツ

②五月上旬から五月下旬――アヤメ、カキツバタ

③六月上旬から六月下旬――ハナショウブ

C　外見による見分け方

①草丈が低く（30～60㎝）花も小ぶり――アヤメ、イチハツ

②草丈（高さ50～70㎝）も花の大きさも中ぐらい――カキツバタ

③草丈が高く（1ｍ前後）花は大ぶり――ハナショウブ

これらをまとめると、水辺に咲いていて、五月ならカキツバタ、六月ならハナショウブ。土の上に咲いていて四月ならイチハツ、五月ならアヤメとなる。開花時期は多少重なっているので、その重なっている時期ならCの外見で見分けることになる。

ただこれらは屋外での見分け方なので、花瓶などに挿した切り花などで見分けるには、花の模様や葉の形状の違いによって見分けるよりほかにない。少し煩雑になるが、ついでに書いて

おきます。

D　花の模様の違い

アヤメ――漢字で文目または綾目と書くように、花弁のつけねから白い放射状の筋が出て、さらにそのつけねの部分が黄色い網目模様になっている。色は紫。まれに白色の花もある。

カキツバタ――花弁のつけねに白い筋がある。色は濃い紫一色だが、最近は品種改良されて、紫でも色違いのものが出て来ているようだ。

ハナショウブ――花弁のつけねに黄色い筋がある。色は江戸時代から盛んに品種改良が行われてきたため、さまざまな色模様のものがある。なお、黄色い花のものはキショウブと言って、ハナショウブとは別種。明治期に日本に入ってきた帰化植物。

イチハツ――花弁のつけねから中央にかけて白い鶏冠《とさか》状の突起がある。色は紫一色。まれに白い花がある。

E　葉の形状の違い

葉の中央に太い主脈（中肋《ちゅうろく》）がある――ハナショウブ

太い主脈がない――他の三種。

このDとEを組み合わせれば、切り花でもだいたい見分けられると思います。

最近はジャーマンアイリスと呼ばれるヨーロッパで品種改良された園芸種がたくさん輸入さ

カキツバタ

アヤメ

イチハツ

ハナショウブ

れ、家庭の庭などに植えられているのをよく見かけるようになった。ハナショウブと似ているが、花はさらに大ぶりで、生育場所も水辺ではなく乾いた場所なので、これは容易に見分けが付く。

さて、このように見分けが難しいアヤメ科（Iris アイリス）の植物だが、古くから自生する植物なので、それぞれ詩歌に詠まれている。

まずアヤメでは次のような歌や句がある。

郭公《ほととぎす》なくや五月《さつき》のあやめ草あやめも知らぬ恋もするかな
古今和歌集　四六九　よみ人しらず

草に咲くあやめかなしく旅遠し　富安風生《ふうせい》

あさまだき草にあやめのこむらさき　日野草城

最初の古今和歌集の歌は植物のアヤメに文目《あやめ》（物事の道理・分別）がかけられている。しかし、ここでの「あやめ（草）」は、ホトトギスが鳴いていたり、陰暦の五月（新暦の六月）となっているので、アヤメではなく、植物的には別種のショウブ（菖蒲）であると思われる（シヨウブについては後述)。

俳句の方は二篇とも草むらに咲くアヤメを描いていて、その生育場所と合致している。

カキツバタでは、『伊勢物語』において在原業平がその名を折り込んで作ったとされる歌がまず浮かぶ。

から衣
きつつなれにし
つましあれば
はるばる来ぬる
たびをしぞ思ふ

直接カキツバタを詠んだものではないが、折り句としてよくできている。
俳句では次の正岡子規の句が水中に咲くカキツバタの様子がうまく捉えられていていい。

うつくしき目高のむれや燕子花《かきつばた》

ハナショウブについては、中世以前はアヤメやカキツバタなどと明確に区別されていなかった可能性があるので、近代のものだけ挙げておきます。

むらさきと白と菖蒲《あやめ》は池に居ぬこころ解けたるまじらひもせで
　　　　与謝野晶子『春泥集』より

「菖蒲」と書いて、「あやめ」と読ませているが、「池に居ぬ」とあるので、これはアヤメのことではなく、ハナショウブのことだろう。紫や白などいろんな色のハナショウブが池に咲いている。色はいろいろだが混じりあいもせず、それぞれが凜として咲いている。そんな意だろうか。

俳句では次のような句に惹かれる。

葉一枚折れてうかべる花菖蒲　　山口青邨
花菖蒲ただしく水にうつりけり　　久保田万太郎
菖蒲園かがむうしろも花昏れて　　橋本多佳子

最後はイチハツ。これには「一初・一八・逸八・紫羅傘」など多くの字が当てられ、さらに鳶尾草《とびおぐさ》・子安草《こやすぐさ》・水蘭《すいらん》などの別名もある。「一初」はアヤメの仲間で一番早く咲くところからの命名。

短歌では正岡子規の次の歌がよく知られている。

いちはつの花咲きいでて我目には今年ばかりの春行かんとす

もう病状がかなり重くなってきた頃だろうか。イチハツの咲き始めた四月半ばと過ぎていく春の季節とがぴたりと重なり、自分にはこれが最後の春になるだろうと歌われている。イチハツを置くことによって、死を前にした子規の澄んだ心境が伝わってくる。

俳句では次の三句がおもしろい。

一八の家根をまはれば清水かな　　夏目漱石
一八に雨の降るなり屋根の上　　村上霽月《せいげつ》
いちはつの花すぎにける屋根並ぶ　　水原秋桜子

三句とも屋根が出てくる。これは何だろうと調べたら、昔は農家の茅葺屋根の棟の上にイチハツを植える風習があったとのこと。実際にその写真を見ると、茶色い茅葺屋根の上に青々としたイチハツの葉が一直線に並んでいる。これは奇観で、見れば一句ひねりたくなる気持が分かる。このような風習ができたのは、イチハツに大風や火災を防ぐ力があると信じられていたからだという。

それにしてもどうしてそんな俗信が生まれたのだろう。これは調べたが、よく分からなかった。イチハツの原産地は中国なので、中国にそのような言い伝えでもあったのだろうか。

日本には室町時代以前に伝わったとされている。文献では『御湯殿上日記《おゆどののうえのにつき》』の一五六三年の条に記載されているのが最古とのこと。この書は御所に仕える女官達によって書き継がれた当番制の日記で、室町時代の文明九年（一四七七年）から江戸時代後期の文政九年（一八二六年）まで三五〇年間の記録のほとんどが残っているという。

屋根にイチハツを植えるようになったのは、「乾燥に強く、根をよく張るので、茅葺屋根の最も弱い棟を強化するため」と書かれたものがあった。中国から伝わった風習と言うよりも、案外、こういう実利の方が先で、後から「大風や火災を防ぐ力がある」という俗信が生まれたのかもしれない。それにしてもなぜイチハツなのだろう。乾燥に強いと言ってもそれはアヤメ

川崎市立日本民家園内　清宮《せいみや》家住宅

同民家園内　蚕影山祠堂《こかげさんしどう》

左の屋根のアップ

の仲間においてのことで、イチハツ以上に乾燥に強い植物はたくさんある。それなのになぜイチハツか、これもよく分からない。

屋根の棟に植物を植えたものを「芝棟《しばむね》」という。葺いた茅が交わる棟の部分は雨が浸入しやすく、それを防ぐため粘性の土をかぶせ、さらに土が流れないように植物の根で固定させている。使われる植物はイチハツが一般的だが、ほかにイワヒバ、ニラ、ユリなども使われたりする。子安草《こやすぐさ》の別名は、屋根が丈夫で子供が安心して眠れるというところから来ているようだ。

イチハツの学名はIris tectorum Maxim。種小名のtectorumは「屋根の、屋根に生じた」という意味。英名もここから「roof iris」(屋根のアイリス)となっている。

それにしても、西洋人が付けた種小名がなぜ「屋根の」なのだろう。原産地である中国でも屋根にイチハツを植える風習があって、それが植物と共に西洋に伝わったからか、と思っていたら、違っていた。そして、その疑問から意外なことが分かった。

学名のIris tectorum Maximの最後の「Maxim」は命名者の名前(略記)で、正式名はカール・ヨハン・マキシモヴィッチ(一八二七～一八九一)。ロシアの植物学者で、幕末の万延元年(一八六〇年)に来日し、一八六四年二月に帰国するまで日本各地の植物を採取し、多くの新種を発見したという。その中にこのイチハツもあり、屋根に植わったその姿を見て驚き、「屋根」を指すtectorumという種小名を付けたとのこと。

イチハツに学名が付いたのはもっと昔のことだと思っていたのでこれは意外だった。しかも日本で見た光景が学名の元になったとは。さらに調べていて驚いたのは、フランス北西部のノルマンディーやブルターニュ地方にも日本と同様、藁葺屋根の上にイチハツを植えた芝棟があるとのこと。これはどういうことだろう。日本の風習がフランスにまで伝わったのだろうか？

偶然の一致というのはあり得ないことのように思われるのだが。

ここでまた先ほどのイチハツの句に戻ります。

三句の中に、村上霽月《せいげつ》という名が出てくる。聞き慣れない名前だが、明治二年、松山市の素封家の家に生まれ、同郷の子規は第一高等学校の先輩にあたり、二人は交流があった。帰郷後、子規との縁で俳句を始め、俳誌「ホトトギス」の選者になったりもしている。また子規を通じて夏目漱石と知り合い、子規の死後も親交があったという。子規、漱石、霽月《せいげつ》、ここではその親しい間柄にあった三人の歌と句が偶然にも並んだことになる。

ここまでアヤメ、カキツバタ、ハナショウブ、イチハツの四種について書いてきたが、最後にショウブについても少々。

ショウブ（菖蒲）はサトイモ科の植物で、他の四種（アヤメ科）とはまったく別種の植物。にもかかわらずショウブとハナショウブを混同している人がけっこういる。例えば、端午の節句の菖蒲湯にはハナショウブの葉を入れると思っている人がいる。名前が似ている上に、ハナショウブはハナを取り、単にショウブと呼ぶ場合があったりするので余計に間違いやすい。また、「菖蒲」と書いて、アヤメと読ませる場合もあるので、これも混乱のもとになっている。

最初に引いた「郭公《ほととぎす》なくや五月《さつき》のあやめ草――」の歌は、窪田章一郎校注『古今和歌集』(角川文庫)からの引用だが、この脚注でも「あやめ」について、「あやめ科の多年生草本。五、六月に紫か白の涼しげな花を咲かせる。(中略)五月五日の節句には(中略)それを入れた湯を浴びるなどした。」などと、ハナショウブとショウブを一緒くたにした誤った記載がされている。学のある人でもこうなのだから、いかに勘違いをしている人が多いかが分かる。

ショウブには邪気を祓う効があるとされ、中国では古くから長寿や健康を願ってさまざまな場で用いられている。菖蒲湯もこうしたことから生まれ、前述の『御湯殿上日記』の天文二年(一五三三年)五月五日の条に菖蒲湯のことが出てくるという。

江戸時代になると菖蒲湯は庶民にも普及し、宝井其角によってその様が次のように詠まれている。

銭湯を沼になしたる菖蒲《あやめ》かな

この句から端午の節句には庶民が銭湯に押し寄せた様子がうかがえる。また、ここでも菖蒲《しょうぶ》をあやめと読ませている。

霍公鳥《ほととぎす》厭《いと》ふ時なし菖蒲草《あやめぐさ》縵《かづら》にきむ日此《こ》ゆ鳴き渡れ

これは万葉集（巻十八　四〇三五）に収められた田邊史福麻呂《たなべのふひとさきまろ》の歌（巻十　一九五五と重出し、こちらでは下の句が「せむ日」となっている）。大意は「ホトトギスよ、いつ聞いても嫌だと思う時はないけれど、同じ鳴くなら、ショウブを髪飾りにする日にここに来て鳴いておくれ」。奈良時代には端午の節句に、ショウブを薬玉や髪飾りにする風習があったという。最初のアヤメの項で述べたように、この歌の「あやめ草」もショウブのこと。また、最初の歌にも「ほととぎす」が出てきたように、ホトトギスとショウブ（あやめ草）は、ウメとウグイスのように、当時はセット物になっていたようだ。

山里や軒の菖蒲に雲ゆきき　　高浜虚子
かへり来し命虔《つつ》しめ白菖蒲　　石田波郷

最初の虚子の句は、端午の節句の前夜、家々の軒にショウブの葉を挿す風習を詠んでいる。この風習は、「菖蒲葺く」（読みは「しょうぶふく」または「あやめふく」）という言葉で季語となっている。

二句目は「白菖蒲」となっている。俳句ではハナショウブとの混同を防ぐため、「白菖蒲（または白菖）」がショウブを指す季語となっている。しかしなぜ「白菖蒲」なのか。ショウブは花よりも濃い緑の葉を愛でるため、白い菖蒲というのは違和感がある。どうやらこの白は、四月下旬から五月にかけて咲くショウブの花の色を指しているようだ（筒状の花穂に薄緑色がかった白い小さな花を無数につける）。

詩でショウブと言えば、真っ先に中原中也の詩を思い出す。

またひとしきり　午前の雨が
菖蒲《しょうぶ》のいろの　みどりいろ
眼《まなこ》うるめる　面長き女《ひと》
たちあらはれて　消えてゆく

たちあらはれて　消えゆけば

うれひに沈み　しとしとと
畠《はたけ》の上に　落ちてゐる
はてしもしれず　落ちてゐる

お太鼓叩いて　笛吹いて
あどけない子が　日曜日
畳の上で　遊びます

お太鼓叩いて　笛吹いて
遊んでゐれば　雨が降る
櫺子《れんじ》の外に　雨が降る

（「六月の雨」全）

ショウブの花

書き出しの「午前の雨が／菖蒲《しょうぶ》のいろの　みどりいろ」なんて、さりげないけれど実にうまい。ショウブが梅雨時の新緑の比喩として効果的に使われている。

中也の我が子を描いた詩は「また来ん春……」をはじめとしてどれも絶品だと思う。この詩でも、六月の雨がしとしとと降る中、畳の上で幼いこどもが無邪気に遊んでいる姿が鮮やかに伝わってくる。その隣で父親である中也は、別れた女のことを物憂げに考えているのだが。
滅多に人の詩をほめない三好達治もこの詩だけはほめている。

「文学界」六月号所載の中原中也の「六月の雨」は、詩情の若々しさと詩技の習熟とを兼ね備へた作品として、近頃最も感心した作品であつた。

(昭和十一年「四季」七月号「燈下言」)

これに対して中也は日記に次のように書いている。

雑誌の編輯者どもが、ひどく俺を理解したやうな顔をする。そして、三好達治は無論俺より偉いとして、その上で俺をほめながら、俺によつぽど御利益でも与へたやうなつもりになる。

素直に喜べばいいのに、こんなふうに書くなんてかなりのヘソ曲がりですねえ。中也らしいと言えば言えるけど。

最初に引いた俚諺「いずれアヤメかカキツバタ」の元は、「太平記」巻二十一に引かれた源頼政の次の歌によっている。

五月雨《さみだれ》に沢辺の真薦《まこも》水越えていずれ菖蒲《あやめ》と引きぞわづらふ

これは源頼政が鵺《ぬえ》退治の褒美に、美女として名高い菖蒲《あやめ》の前を所望したとき、上皇がたわむれに同じような美女を十二人並べ、「どれが本物の菖蒲《あやめ》の前か当てたらおまえにやろう」と言い、頼政は区別がつかず困り果てて詠んだ歌。大意は、「五月雨で川の水位が上がり、水辺のマコモ（高さが二メートルを超えるイネ科の多年草）と混じってどれが菖蒲《あやめ》か引き抜くことはできません」。この当意即妙な歌に感心して、上皇は結局菖蒲《あやめ》の前を頼政に賜ることになる。

この話を元にして、後に〈どちらも優れていて優劣がつけにくい〉意で、「いずれ菖蒲《あやめ》か杜若《かきつばた》」という俚諺が生まれることになる。

しかし、この俚諺の菖蒲《あやめ》は言うまでもなくアヤメ科のアヤメである。一方、頼政の歌の菖蒲《あやめ》は、水辺の草であるから、「あやめ草」と同様アヤメのことではなくショウブになる。

「いずれ菖蒲《あやめ》か杜若《かきつばた》」という俚諺がいつ頃生まれたのか定かでないが、江戸時代にはもう

「あやめ」と言えばアヤメ科のアヤメを指すようになっていたのだろう。それで頼政の歌の「菖蒲《あやめ》」もアヤメと勘違いし、比較の対象として「杜若《かきつばた》」を並べたのではないかと思う。

もし頼政が生きていたら、この俚諺を聞いて、あやめも知らぬアホどもよ、と笑ったかもしれない。

15　蓮喰いびとの〈蓮〉とは何か

誰がつくった文字なのだろう
草かんむりに雷とかいて
つぼみと読むのは素晴らしい

とき至って野山に
花は爆発するのだ
遠い遠い花火のように
その音はまだ
この世にとゞいてこない

これは杉山平一さんの「蕾」という作品。持論である「発見と飛躍」の典型のような詩として、講演や大学での授業などでよく紹介している。春になって野山にいちめん花が咲くとき、蕾がはじけ、まるで音がするようだと、漢字の成り立ちから連想した詩であるが、もちろん蕾が開くとき音などしない。ただ、ひとつだけ開くときに音がすると言われている花がある。さて、それは何でしょう? と、この詩の紹介とセットでいつも受講者に質問をする。

皆さんはお分かりでしょうか?

答はハス。でもそれは俗説で、実際には音などしない。これを証明すべく、録音機をセットした実験も行われ、音が出ないことは確認されている。[*1] こんな俗説ができたのは、「開花音を聞けば悟りが開ける」という言い伝えからだとする説もあるようだが、実際のところは、蕾が大きいので、開くときいかにも音が出そうだと思われたからではなかろうか。

詩歌などでも「音がする」と書いているものが少なからずある。いくつか挙げてみる。

蓮開く音聞く人か朝まだき

これは正岡子規の句(明治二十九年作)。まだ夜が明けきらぬ頃、ハスの開く音を聞こうとしている人の姿を描いている。ハスの花は午前四時頃から開くので、実態と合っている。また、

「音聞く人か」と言い、子規自身は「音がする」と言っていない。この点、まだ救われる、と思っていたら、次のような句があった。

ほのほのや蓮の花咲く音す也（明治二十六年作）

写生句を提唱した子規だが、これはウソですね。まあ善意に解釈すれば、ハスの開く音が聞こえるぐらいに静かだ、と鑑賞できないこともないけれど。

子規はたくさんハスを題材にした句を作っている。次の句などは雨のあとか、水滴がハスの葉の上をころがる様子を見事に捉えていて秀句だと思う。蛇足だが、ハスの葉は撥水性があり、その上で水は球状になる。

蓮の露ころかる度にふとりけり（明治二十五年作）

次は石川啄木の「夏の朝」という詩の冒頭二連。

静けき朝に音立てゝ

白き蓮《はちす》の花さきぬ
胸に悟りをひらくごと
ゆかしき香袖にみつ

あしたの星の水に落ち
花となりてや匂ふらん
木魚の音のすみ渡る
佛の庭の池にして

明治三十四年八月、十五歳の時に雑誌に発表されたとされる作で、やはりここにも蓮が音を立てて咲くと書かれている。（今ここで「される」に傍点を附したのは、意外な事実が判明したからで、ここでそれを書くのは文章の流れに支障を来すので、最後の「註」[*2]に詳しく記すことにする。そちらをご覧ください）

川端康成の小説にも次のような箇所がある。

夏だった。朝毎に上野の不忍《しのばず》の池では、蓮華《れんげ》の蕾《つぼみ》が可憐《かれん》な爆音を立てて花を開いた。

（『掌の小説』「帽子事件」冒頭）

「爆音」とは何とも大胆な表現をしたものだ。蓮池で早朝からそんな音がしたら、近隣住民はうるさくて目が覚めてしまう。

子規も啄木も川端も実際には聞いたことがないのに、俗説をそのまま信じて書いたのだろう。そうして、これらを読んだ人がまたそれを信じるという連鎖が続く。まあロマンとしてはいいけれど、いかにも自分が聞いたように書くのはどうだろう。

ハスは短歌や俳句にはたくさん詠まれているけれど、詩ではあまり見かけない。今回パッと頭に浮かんだのは萩原朔太郎と多田智満子の二篇。奇しくも朔太郎と啄木は同年（明治十九年）生まれ。まずはその朔太郎の詩から。

花やかな月夜である
しんめんたる常盤木の重なりあふところで
ひきさりまたよせかへす美しい浪をみるところで

かのなつかしい宗教の道はひらかれ
かのあやしげなる聖者の夢はむすばれる。
げにそのひとの心をながれるひとつの愛憐
そのひとの瞳孔《ひとみ》にうつる不死の幻想
あかるくてらされ
またさびしく消えさりゆく夢想の幸福とその怪しげなるかげかたち
ああ　そのひとについて思ふことは
そのひとの見たる幻想の國をかんずることは
どんなにさびしい生活の日暮れを色づくことぞ
いま疲れてながく孤獨の椅子に眠るとき
わたしの家の窓にも月かげさし
月は花やかに空にのぼつてゐる。

佛よ
わたしは愛する　おんみの見たる幻想の蓮の花瓣を
青ざめたるいのちに咲ける病熱の花の香氣を

佛よ
あまりに花やかにして孤獨なる。

（「佛の見たる幻想の世界」全）

この詩は朔太郎の第二詩集『青猫』に収められているのだが、初めて読んだとき違和感を覚えた。『月に吠える』以来の朔太郎の詩とは異質な感じがした。仏教に帰依していたわけでもない朔太郎がなぜこのような詩を書いたのだろう。そもそも「仏」の出てくる詩がほかにもあるのだろうか。少なくともこれ以前の詩集にはないように思われる。年譜を見ると、若い頃にはむしろキリスト教の教会に出入りしていたと書かれているし……。年を重ね、キリスト教よりむしろ仏教の教えに惹かれるようになっていったのかもしれない。

タイトルにもなっている「幻想の世界」とは仏教で言う極楽浄土のことだろう。その庭に咲くハスを「青ざめたるいのちに咲ける病熱の花」と表現するところは朔太郎らしい。泥の中から生じても、泥に染まらず、清浄な美しい花を咲かせる姿が仏の教えの象徴とされているが、「病熱の花」というと、何だか艶めかしく感じられる。朔太郎の夢想する浄土は、艶めいた世界でもあるようだ。

次に多田智満子の詩を挙げる。詩集『蓮喰いびと』の中の表題作。

あなたの乳房のなかに大理石の母乳がねむっている
女神よ
わたしは凶器をたずさえて神話の島にきたが
すでに蓮《ロトス》の実を食べて
忘れるべきことはみな忘れてしまった
後朝《きぬぎぬ》の曙が薔薇いろのゆびをもちあげたとき
海の泡から生れ出たのは
あなたではなく旋律的な少年である
もしかすると彼はあなたの息子か恋人かもしれない
彼をわたしにください
少年が翼ある言葉をわたしに投げてくれるように
女神よ　あなたの神酒《ネクタル》は永遠だが
この蓮《ロトス》の酔いはさめやすいのだ
彼をわたしにください

わたしの六連発のピストルのなかで
六つの夢が輪になってねむるあいだに

（「蓮喰いびと」全）

この詩はホメロス[*3]の叙事詩『オデュッセイア』の中のひとつの話が背景となっている。『オデュッセイア』は、英雄オデュッセウスがトロイア戦争の勝利後、故郷の島イタケーへ帰るまでの十年間にもおよぶ苦難の船旅が語られているのだが、その中にこの「蓮喰いびと」の話が出てくる。多田は詩集刊行から四年後に出版された『花の神話学』（一九八四年）という本でその内容を詳しく紹介している。

〈オデュッセウスはキコネス族（多分エーゲ海北岸の蛮族）の国で戦った後、大嵐に見舞われ、九日間漂流をつづけて十日目に《蓮喰いびと》の国に上陸する。この奇妙な名をもつ国の住民がどんな人々かを調べるために部下を派遣すると、蓮喰いびとたちは別に害を加える様子もなく、ただ蓮の実を取って食べさせてくれる。

部下のうちで、この蓮の、蜜みたように甘い果実《このみ》を啖《くら》った者は、

みなもう帰ろうとも、報告しに戻ろうとも思わなくなり、
ただひたすら、そのまま蓮の実喰いの族《やから》といっしょに実を貪《むさぼ》って、
居続けばかりを乞い願い、帰国のことなど念頭にない有様

（『オデュッセイア』第九章　呉茂一氏訳）

そこでオデュッセウスは、ここに居残りたいと泣き叫ぶ連中を無理やり船に連れもどし、漕座の下に縛りつけて大急ぎで出帆する、という次第である。家郷を忘れて恍惚と暮す、というところから、蓮喰いびと（ロートプァゴイ）とは、現実を思いわずらうことのない浮世離れの人々の代名詞のようになっている。〉

（『花の神話学』「蓮喰いびと」より）

ここにハスの実が出てくるが、はたしてこれが現在のハスと同じであるのかどうか。ハスの実は生食もできるが、ここに書かれているような「蜜みたように甘い果実《このみ》」ではない。実際に食べたことがあるが、ほとんど味らしい味はしない。また、恍惚とさせるような幻覚作用もない。「蓮」と訳された元の語は、古代ギリシャ語でλωτος。アルファベット表記ではlotos（ロトス・ロートス）で、英名lotus（ロータス）の元となっている。ロータスは一般に「蓮」と

訳されるが、元はスイレン（睡蓮）を指していたようだ。

多田もこの「蓮喰いびと」の蓮について、前述の『花の神話学』で古代ギリシャの歴史家ヘロドトス（紀元前四八五頃～紀元前四二〇頃）の『歴史』やイギリスの桂冠詩人テニスン（一八〇九～一八九二）の詩、古代ローマの詩人オウィディウス（紀元前四三～紀元一七）の『変身物語』の挿話などを出し、現在の蓮とは別の植物だろうと結論づけている。

まず『歴史』では巻二でエジプトのハスとして二種類が記されている。

①「川水があふれて平野にはんらんすると、水中にエジプト人がロトスと称している百合《ゆり》がおびただしく生ずる。彼等はこれをつみ取った上日干しにし、それから、けしに似たその真中から取れるものをつき砕き、火で焼いてそれでパンを作っている。このロトスの根も食べられるのであって、丸くて大きさはりんごほどであるが、相当うまいものである。」

②「これも河中に生ずるのであるが、バラに似た他の百合もあり、この実は根元から別の茎に沿ってはえる莢の中になり、それは蜂の巣に最も酷似した形状を持っている。その内部に橄欖の核ぐらいもある種子がたくさんなり、それは生のままでも干しても食べられる。」

さらに巻四では「蓮喰いびと」について次のように書かれている。

「彼ら（ロトパァゴイ人）はロトスの実だけを食って生きている。ロトスの実は乳香樹の漿果ほどの大きさがあり、甘さはなつめやしの実くらいである。ロトパァゴイはこの実から酒ま

で造っている。」（いずれも青木巌訳）

巻二の二種類のハスについて、ハス研究家の阪本祐二氏（故人）は著書『蓮』で、①はスイレン、②はハスである、と断定している。ただ①がスイレンだとしたら、根が「食べられる」や「丸くて大きさはりんごほど」というのがおかしくなってくる。スイレンの根は食べられないし（まずいためか、毒性があるためか不明だが）、リンゴのような丸いものでもない。形はどちらかというとワサビに似ている。実でパンを作ったというのも、後述するように疑問が残る。②はハスの果托が蜂の巣状なのでまず間違いない。ちなみにハスの名は蜂巣《はちす》が転訛したもの。本来エジプトにはハスは自生していないが、この時代にはもう栽培されていたようだ。[*4] ヘロドトスはエジプトに行ったことがなく、伝聞で書いているので、スイレンとハスがごっちゃになっているのではないかと思う。

テニスンの「蓮喰いびと」をうたった詩（The Lotus-Eaters）では、「かれらがもてる魔法をかけられし木の枝／花と実をたわわにつけたる」と、ロートスがなんと木になっている。

オウィディウスの『変身物語』でも、「ドリュオペーなる女が湖のほとりでニンフの化身とも知らずロートスの花を摘み、その怒りをかって、同じロートスの木に変えられてしまった」と記されている（傍点は『花の神話学』原文のまま）。

ニンフ（Nymph）というのはギリシャ神話に登場する川や泉、森などに宿る精霊で、スイレン属（Nymphaea）の学名ともなっている。このことからもロートスはスイレンかと思われるが、「ロートスの木」となっているのがよく分からない。

多田は本章の最後に、〈ロートスがどんな木なのかは、学者によって様々な推測がなされており、「なつめに似た木」とか「いばらのある鼠李科の植物で洋梨に似た実がなる」とか、「なつめ椰子である」とか、色々な註釈にお目にかかる〉と書いている。

二つめの「鼠李科」というのは「クロウメモドキ科（Rhamnaceae）」のこと。中国での名称で、あえて読むとすれば「ソリ科」とでもなるだろうか。この科の代表的な木はナツメなので、最初の二つはほぼ同じナツメのことを言っていることになる。三つめのナツメヤシはナツメに実の形が似ていることから付けられた名で、要するに三つともナツメ関連の樹木ということになる（ナツメヤシはヤシ科でナツメとはまったく別種）。

ナツメは中国から西アジアにかけて、ナツメヤシは北アフリカから西南アジアが原産地とされている。特にナツメヤシはメソポタミアや古代エジプトで紀元前六千年頃にはすでに栽培が行われていたという。こうしたことからナツメやナツメヤシが「ロートスの木」の候補に挙がってきたものと思われる。

自分なりに「蓮喰いびとの」の蓮（ロートス）について考えてみた。その結果、ロートスは原義通りスイレンのことではないかと思えるようになった。ただ、スイレンの種子はハスと違って非常に小さく、また水中で結実し、そのあと水面に浮かんで水に流されてしまうため、食用にはならない。それなら「蓮喰いびと」のロートスと合致しないじゃないかと言われそうだが、ここからが本題。

ロートスがスイレンだと推測するきっかけとなったのは、植物図鑑[*5]の次のような記述だった。〈古代エジプトの絵画や彫刻で「神聖なハス」とよばれているのはスイレンのことで、エジプトにハスは自生していない。スイレンは古代エジプトで神聖視された唯一の花で、エジプト人はとくに青いスイレンを好んだ。この花の花弁が太陽の光線（放射線状）に似ていることや、朝花を開いて夕方に閉じることなどから、太陽のシンボルになっていたという説や、エジプトの土地と生き物に生命を与えるナイル川に生長していることから、生産力または多産に結ばれたという説がある。〉

こうしたスイレンのイメージ〈生命の源である太陽（＝不死）や多産の象徴〉がギリシャにも伝わり、それとその頃主食のひとつとして食べられていたナツメヤシなどの実と合体し、「ロートスの木」という想像上の樹木が生まれたのではなかろうか。

古代ギリシャ人にとって西方のエジプトは、仏教における極楽浄土（西方浄土）のような存在で、それが「蓮喰いびと」のような伝説を生んだのではないかと思われる。日本で言えば、浦島太郎の竜宮城がこれに近い。『オデュッセイア』のオデュッセウスも故郷のイタケーへ帰ってきたとき、老人に変身させられていて、不思議なつながりを感じさせる。また、ナツメヤシの実からは酒も造られていたので、蓮喰いびとの国で、兵士たちが恍惚として、もう帰りたくないと言ったのは、このお酒も実といっしょに提供されたからではないかと、そんな想像もわいてくる。

余談だが、図鑑の解説文の最後に春山行夫の名が記されていて驚いた。春山行夫が植物の文化史的な本を出したりしているのは知っていたが、まさかこんなところで昭和初期のモダニスト詩人に出会うとは思わなかった。

最後にハスについて少々。

自生しているのはイランのカスピ海南岸から東へインドやインドネシア、日本を経てオーストラリアの北部まで。もうひとつ東洋産のハスとは別にアメリカ原産のハスもある（後述）。日本には中国から伝わったと言われているが、前述の阪本祐二氏は著書『蓮』の中で、ハスの化石などから、「古くから（日本に）在来していたのではないかと思われる」と述べている。

一九五一年には千葉市北西部にあった東京大学検見川厚生農場の草炭採掘現場からハスの実三粒が発掘され、ハスの権威であった大賀一郎博士がそのうちの一粒を発芽させ、翌年には開花させることに成功している。その年代測定をしたところ、二千年以上前のものであることが確認できたとのこと。[*6]その後、大賀ハスと名付けられて全国各地に株分けされ、今では多くの植物園や庭園で見ることができる。

開花は六月下旬から八月中旬。ハスの品種は多くあるが、花色は白またはピンク。ただアメリカ原産のハスは黄色。ミネソタ州とウィスコンシン州の境界を流れるミシシッピー川上流域（北緯45度附近）やバージニア州、さらに南下して中米にも自生しているとのこと。一九六〇年にはこの黄蓮が日本に導入され、[*7]その後、東洋産との交配で黄色とピンクの色を併せ持つハスも生まれている。

以前勤めていた公園には広い蓮池があり、そこでは毎年ハスの開花に合わせて「早朝観蓮会と象鼻杯《ぞうびはい》」という催しを行っていた（今も続いています）。この「象鼻杯」というのは何かご存じでしょうか。これは古代の中国で暑気払いのひとつとして始まったもので、[*8]ハスの茎を一メートルぐらいの長さのところで切り、その切り口を口にくわえ、大きな葉の方には茎に通じるところに穴をあけ、そこに注いだ酒を茎を通して飲むというもの。その飲んでいる姿が象の鼻に似ているところから「象鼻杯」と名付けられた。一度飲んでみたけれど、何だか生臭くて、これだったらお酒をそのまま飲む方がいいなと思ったことでした。

【註】

＊1　「昭和一一年七月二四日、不忍池で〈蓮の音を聴かざる会〉が開かれ、大賀博士、牧野博士ら約三〇名が出席して池中のハスの花に備え付けられた四個のマイクから、陸上のスピーカーへうつすことにして聞いた。すべての花は無音の開花に終った。」（阪本祐二『蓮』より）

＊2　「夏の朝」について。――この詩の引用元は昭和二十八年刊『啄木全集』第二巻（岩波書店）であるのだが、この書の「あとがき」に編者である齋藤三郎氏（故人）が次のように記している。

ハス

象鼻杯

〈「巻末に採録した「あこがれ時代」「あこがれ以前」の大部分の作品は十数年前編者が見つけ出したもので少しの疑問もないが「夏の朝」一篇だけは率直に言って啄木の作品と言い切る自信がない。もともとこれは雑誌『あけぼの』第三号（明34・8・1）に、「白蘋」の名で掲載されたものであるが、「その詩風と云い、取扱ったテーマと言い、恐らく啄木の作品に相違あるまい」という吉田孤羊氏などの考証もあり、その後二回発行された全集にも登載されて今日に至った。〉（漢字は新字に改めています）

「白蘋」という号は啄木が中学時代（十二歳から十六歳まで）に用いたものだが、ほかに「翠江・麦羊子」などがある。雑誌『あけぼの』については調べたが、その存在を確認することができなかった。またこの「あとがき」には、与謝野鉄幹が啄木に見せられた「啄木鳥」という詩に感心し、それを鉄幹が「明星」に発表するとき〈それまでの雅号「白蘋」を改めて新たに「啄木」と署名発表した〉というようなことも書かれている。ということは、「啄木」という名は与謝野鉄幹が付けたことになる。

＊3　紀元前八世紀末頃のギリシャの吟遊詩人とされているが、実在したかどうかは不明。

＊4　「『王家の谷』によればミイラの腹の中にハスの実を入れたと記されている」（阪本祐二『蓮』より）

＊5　『万有百科大事典　19植物』（小学館　一九八二年第二版）

＊6　「（ハスと一緒に出土した丸木舟のカヤの木を放射性炭素年代測定したところ）カヤの木は三〇七五年プラスマイナス一八〇年前のものとされた。丸木舟のカヤの木がハスの実より千年古いとし

ても、ハスの実が二千年前の弥生時代以前のものであることが確認できた。」（ウィキペディア「大賀ハス」より）

＊7　「アメリカハスは大正年間に一時導入されたが絶えて、日本では久しく黄色のハスを見受けなかったが、これによってアメリカハスが再び日本に根づくことになった。」（阪本祐二『蓮』より）

＊8　三世紀、三国時代の魏においてこの象鼻杯が行われていたことが『古今要覧草本部』という書に記されているとのこと。（阪本祐二『蓮』より）

16　アジアの足跡
――踏まれても忍ぶ草

大学に入り、植物の勉強を始めてから最初に覚えた草の名はオオバコだった。放射状に並んだ大ぶりの葉を、地面にへばりつけるようにして生えている草で、道端や公園などで普通に見られる。花がきれいというわけでもなく、言われなければ気がつかないような草だが、この草にはちょっとした特徴がある。それは生えている場所で、人のよく通るところ、つまり人によって踏まれやすいところをわざわざ選んで生えている。逆に言えば、この草が生えていれば、その道はよく人の行き来している道だと分かる。

踏まれても踏まれても耐え忍ぶ草。まるで「おしん」のような草である。当時はまだ「おしん」など放送されていなかったが、僕たちはゼミで唯一の女子学生にこの草の名を進呈しては喜んでいた。「○○（女子の名）はオオバコみたいやなあ」と。もっともこの場合のオオバコは、踏まれても耐えるではなく、踏まれても踏まれてもこたえない、という意味ではあったが。

ともかく、そんなふうにしてこの草の名と特徴は自然と覚えてしまった。

地味な草だけに、詩歌にはあまり出てこない。今回調べたら、俳句にはけっこう詠まれていた。数句挙げてみる。

車前草《おおばこ》をうちてあらしや山の雨　富安風生
腰おろす山の車前草《おおばこ》柔らかし　小出きよみ
おおばこの踏まれながらの花盛り　山崎治子

前の二つの句は車前草と書いて、オオバコと読ませている。「車前」は漢名で、車（牛車や馬車）が多く通る道に生えることから付けられた名で、オオバコの性質がそのまま名前の由来となっている。一方、和名のオオバコは「大葉子」と書き、葉が広くて大きいところから付けられている。

オオバコ

学名はPlantago asiaticaで、Plantago《プランターゴ》（オオバコ属）は、手持ちの学名解説書で調べると、「ラテン語 planta（足跡）に由来するラテン名。大きな葉からついた。」と記されている。これだと葉の形を足跡に見立てていることになるが、オオバコの葉はどちらかというと幅広の紡錘形で、足跡にあまり似ているように思えない。どうも腑に落ちないので、plantaを辞書（岩波英和大辞典）で調べると、ラテン語として、「sole of the foot」と書かれていた。これだと「足の裏」の意となる。これを「足跡」と意訳できないこともないけれど、オオバコの性質から考えて、足裏にある植物、つまり、よく踏まれるところにある植物の意で付けられた属名ではないかと思われたりもする。このあとの種小名asiaticaはアジアの意。従って、学名を直訳すると、「アジアの足裏」となる。しかし、意訳の「アジアの足跡」の方が何だか壮大な感じがしていい。訳はこちらに決定しよう（って勝手に決めていいのかな？）。

オオバコ属はヘラオオバコ、セイヨウオオバコ、アメリカオオバコなど近縁種がたくさんあり、世界中に分布している。ただ、近種間の交雑が多く、オオバコも最近の遺伝子解析で、「ユーラシア大陸に広く分布しているセイヨウオオバコと未知の別の種との間でできた雑種を起源とすることが明らかになった」*とのこと。日本の在来種であると思っていただけに、これにはちょっと驚いた。大陸で生まれたオオバコが日本に来たのはいつ頃のことなのだろう。大陸と日本列島がまだつながっていた頃（七万年ほど前？）だろうか？　それとも海を渡って人が（その靴や衣服に種子がくっついて）日本に来た頃だろうか。いずれにしてもはるかな時空を旅をして、辿り着いたようだ。

ここで少し話を元に戻します。

オオバコは人に踏まれやすいところをわざわざ選んで生えている、と最初に述べたが、どうしてそんな場所に生えているのだろう？　人に踏まれるのが好きなのだろうか？　もちろんそんなことはない。人間ではあるまいし、人に踏まれて喜ぶような草はない。ではどうして？　答は簡単。ほかに行くところがないからである。行くところがないから我慢して、そんな条件の悪いところに生えている。こんなふうに書くと、ほかにいくらでも場所があるじゃないかと言われそうだが、条件のいい場所はすでにほかの草に占領されていて、この草の入っていく余地がない。

オオバコという草は、踏圧というような悪条件に対して強い耐久力を持っているが、その反面、競争力という点では劣っている。本当は人に踏まれたりしない、ふかふかの土の所がいいのだが、そういう所へ行くと、たちまちほかの草におおわれて枯れてしまう。踏まれるのがかわいそうだと言って、そこに囲いでもしてやると、一時的には繁茂しても、やがてほかの草が侵入してきて同様の結果となる（こうした植物は「踏み跡植物」と呼ばれ、オオバコ以外にオヒシバ、スズメノカタビラ、クサイなどがある）。

一般に生育域の幅の広い植物ほど（つまり、悪条件にも耐えられる植物ほど）競争力が弱い。このような植物は踏み跡植物以外にも多数ある。例えば、住宅地の建設などで表土を剥ぎ取ったりした後に最初に生えてくるメヒシバ、イヌタデ、スベリヒユなどの一年生草本。これらは先駆《せんく》植物と呼ばれ、気候や環境によってその種類は変わってくるが、いずれもあるていど繁茂し、土壌を改善し、やっと住みやすい場所になってきたと思ったら、彼らより背丈の高い植物（ヒメジョオン、ヒメムカシヨモギ、オオアレチノギクなど）が侵入してきて駆逐されてしまう。せっかく開墾した土地を、よそからやってきた力の強い集団に乗っ取られてしまうようなものである。

植物はこのような厳しい競争関係の中で、それぞれの生育地を住み分けている。踏圧や荒れ地といった悪条件の中で生育しているのは、それが決して快適な場所だからではなく、それが唯一生きていける場所だからである。どんな植物も最適な環境からずれた場所で我慢しつつ生きている。

これは人間社会にも当てはまる。例えば、北極の極寒の中で暮らすエスキモーの人たち。あるいは赤道直下の熱帯に暮らす人たち。いずれももっと気候の穏やかなところに暮らせばいいのにと思ってしまうが、オオバコ同様、そのような場所では生存競争に勝てず、太古の昔、移住の果てに、厳しい環境下での生活を選択せざるを得なかったのだろう。

十年ほど前、「詩と生態学」と題して講演したことがある。オオバコの話を中心に、自作との関係を述べたのだが、この講演の終了後、参加者から、「もっとほかに踏圧に強い草はありませんか？」と質問された。とっさのことで、思い付くままいくつかの植物を挙げたのだが、終了後、もっと適切な植物があったことを思い出し、悔やまれた。

オオバコよりもっと踏圧に強く、しかも誰もが知っている身近な植物。それは何か。分かるでしょうか？　答はシバ。庭園や公園、競技場などに使われているあの芝です。

日本に古くからある代表的な芝はノシバ（野芝）とコウライシバ（高麗芝）の二種。平安時代にはすでにこうした芝が庭園などに使われている。ノシバは葉が広く、見た目に荒々しい感じがする。それに対してコウライシバは葉が細く、緻密で美しい。そのため、現代では庭園や公園にはコウライシバが一般に使われている。また、競技場、例えばサッカー場などではティフトンという西洋芝がよく使われている。

踏圧に対する強さで言うと、ノシバ↓コウライシバ↓ティフトンの順番となる。踏圧の影響を激しく受ける競技場で、なぜ踏圧に強いノシバではなく、踏圧に弱いティフトンが使われているのか。その理由は繁殖力の強さに因っている。繁殖力の強さは踏圧の逆、ティフトン↓コウライシバ↓ノシバとなる。つまり、限界以上の踏圧を受けていったん裸地化すると、ノシバではほとんど回復しない。しかし、ティフトンでは裸地化してもすぐに回復する（生育の旺盛な時期では二週間もあれば元通りの芝生となる）。これが競技場などで使われている理由です。

以前勤めていた公園に広大なコウライシバの芝生地があって、それが少しずつティフトンで覆われるようになっていった。張った覚えもないのになぜだろうと不思議に思っていたら、やがてそれが芝刈り機が原因だと分かった。併設する競技場と同じ芝刈り機で芝を刈っていて、その芝刈り機の刃に付いてきたティフトンがコウライシバの芝生地に入り込み、知らないうちに広がっていたのだった。ティフトンの旺盛な繁殖力をこのとき実感として知った。

話のついでに、競技場の芝生について少し記します。

先ほどのティフトンは、日本芝のノシバやコウライシバと同様、夏型（暖地型）芝と呼ばれるもので、冬には枯れてしまう。そこで見栄えを気にする大型競技場などでは秋に冬型（寒地型）の西洋芝（西洋芝の大半はこの冬型）の種をティフトン芝の上に播く。冬型芝は夏型とは逆に冬が緑で、夏には枯れる。ただ枯れても、元々のティフトン芝が下地にあるので一年中緑を保つというわけである。なお、関東以北の競技場では、品種改良された冬型芝だけを使って年中緑を保っているようなところもあるようです。いずれにしても芝生の維持は踏圧との戦いなので、担当者の苦労は並大抵ではない。見ている方は、わあきれい、ですむけれど。

芝の話はこれくらいにして、またオオバコに話を戻します。

人に踏まれてばかりなのに、恨みもせず、それどころか人の役にも立っている。医薬品としての利用がそれで、種子や葉が消炎や利尿、下痢止めなどの生薬として使われている。
最近は、ダイエットにも利用されている。サプリメントの事典（日経ＢＰ社）を見ると、「（オオバコの一種である）プランタゴオオバタの種皮に含まれる食物繊維サイリウムは、水を吸うと膨らむため、摂取すると満腹感が得られ、ダイエット効果が期待できる」と記されている。ネットで検索すると、オオバコダイエットとしてたくさんの商品が出てくる。これだけあるということは、それなりに売れているんでしょうね。痩せるのに高いお金を出して効果の不明なサプリを買うより、せっせと近所でも歩いた方が健康的で、効果があるんじゃないかと僕などは思うのですが――。

【註】
＊　二〇〇九年九月一日、基礎生物学研究所と東京大学大学院理学系研究科との合同発表より。

17　植物もヘンシーン！

人間が人間以外のものになるという変身譚は世界各地の神話や伝承に見られる。15章でも紹介したオウィディウスの『変身物語』はその最古のものとして知られている。近代ではカフカの「変身」が有名だが、現代では漫画やドラマの変身ヒーローでなじみが深い。シリーズ化され長く続いている「仮面ライダー」や「ウルトラマン」をはじめとして、手塚治虫の「ビッグX」やアメリカの「スーパーマン」や「スパイダーマン」などがある。

これら変身ヒーローのうち、体が巨大になるのが「ウルトラマン」と「ビッグX」。

植物にもこのように巨大化するものがある。それは身近な植物の竹。ヒーローのように一瞬で、というわけにはいかないが、土から少し顔を出しただけのタケノコが、ほんの半月ほどで空を見上げるほどの大きさになる。こんな植物はほかにない。この成長の早さに目をつけて作られたのが竹取物語。生まれたばかりのかぐや姫がたった三ヶ月ほどで大人になるのも、この竹の成長の早さに重ねられている。

竹にもいろいろな種類があるが、代表的なのがモウソウチク（孟宗竹）。タケノコとして食されるほか、建築材や工芸品としてさまざまに利用されている。次によく利用されるのがマダケ（真竹）。モウソウチクよりひとまわり細く、これも建築材や工芸品として利用されている。エジソンが白熱電球を作る際、フィラメントの材料として、京都府八幡《やわた》市にある石清水八幡宮《いわしみずはちまんぐう》境内の竹（マダケ）を使った話は有名。

竹は身近な植物だけに詩歌に多く歌われている。詩では萩原朔太郎の一連の詩が有名だが、地面の底に顔があるようなそんなおどろおどろしい詩ではなく、ここではさわやかな詩をご紹介します。

泣きはらした目を
若竹のみどりが　ひやしてくれる

平林寺

春の寒さがのこる午後

くもり空の下に　しーんと
ひっそりとしずまっている

（若谷和子《わかや》『思い出のかたち』「平林寺」冒頭）

作者は戦後、サトウハチローの主宰する童謡詩の会（木曜会）に所属し、数々の童謡詩を発表するとともに、アンデルセンなど童話の翻訳も行っている。一九六二年レコード大賞新人作詞賞受賞。一九四三年生まれ。

この詩は大学時代、買った日記の扉に竹林の写真と共に掲載されていた（引用部分のみで、平林寺は「……」で伏せられていた）。何だか切なくなるような詩で、長く心に残っていた。今回、引用するにあたって当該詩集を買い求めて読んでみた。引用のあとまだ十四行ほど続く。「よろこびと　かなしみと／さびしさと　せつなさと／／ふりかえれば／憂いの影が多すぎたこの年月《としつき》……」というふうに続き、現代詩の目で見ると、少し甘い。日記の編集者も引用部分だけで十分と判断したのかもしれない。ちなみに、平林寺《へいりんじ》は埼玉県新座市にある臨済宗の禅寺。

「仮面ライダー」や「スーパーマン」「スパイダーマン」など残りのヒーローは体の大きさは変わらないが、変身後に強力な力を持つようになる。さすがにこんな植物はないが、変身後に見た目（服装など）が変わるという点では、植物でも同様のものがある。花や葉の色が変わるもの、葉の形が変わるものなど。

まず花の色が変わるもの。

これはたくさんある。アジサイがその代表であるが、ほかにもスイカズラ、スイフヨウ（酔芙蓉）、ハコネウツギ、ニシキウツギなどがある。いずれも花の細胞内の色素の変化によって起こる。

スイカズラ（吸い葛）は半常緑つる性の植物で、初夏の頃に白い花が咲き、それが徐々に黄色くなっていく。そのため白い花と黄色い花が同時に咲いているように見える。別名ニンドウ（忍冬）は冬でも一部の葉が枯れずに残ることから。「吸い葛」の名は、花の奥に蜜があり、それを口にくわえて吸ったことから来ている。

地味な野草ながら、このような特徴を持つゆえに詩歌でも多くうたわれている。

蚊の声する忍冬の花の散るたびに　与謝蕪村

すひかずらたまの揚羽ながくゐず　中村汀女

スイフヨウはほかのフヨウと同じく朝に咲き、夕方にはしおれてしまう一日花で、朝のうちは白、午後から夕方にかけて赤く染まっていく。酔芙蓉の名は酒に酔っていく様にたとえたもの。

ハコネウツギとニシキウツギはどちらもスイカズラ科タニウツギ属。スイカズラと同じように初夏の頃に白い花が咲き、それが徐々に赤くなっていく。そのため、白と赤の二色の花が咲いているように見える。ちなみに卯の花の別名で知られるウツギはアジサイ科（旧分類ではユキノシタ科）でまったく別種。ウツギを漢字で書くと空木で、科が違っても茎が中空（空洞）になっているものにこの名が与えられている。

次に葉の形が変わるもの。

これにはヒイラギ（柊）やカクレミノ（隠蓑）などがある。ヒイラギは幼木のとき、葉に鋭い鋸歯（ギザギザ）があるが、成長するにつれて鋸歯がなくなり丸くなっていく。カクレミノも同様に幼木のときは葉がヤツデの葉のように深い切れ込み（三〜五裂）があるが、成長して

ヒイラギ

いくにしたがって切れ込みがなくなっていく（ヒイラギと違って、成長しても切れ込みのある葉とない葉が混じっている）。人は老いると性格が丸くなると言うが、植物でありながら何かそれと通じているようでおもしろい。

節分のとき、家の戸口に焼いたイワシの頭とともヒイラギの枝をさす風習が今も残っている。イワシの頭はその匂いで、ヒイラギはその鋭い鋸歯で邪気を払うとされている。この風習ゆえに俳句でよく詠まれたりしている。

カクレミノ

凍雪を踏んで柊挿しにけり　　高野素十
ひとの来て柊挿して呉れにけり　　石田波郷

今、イワシの頭と書いたが、昔はボラ（鯔・鰡）の頭を使っていたという。昔と言っても、今から千年以上前の平安時代。紀貫之の「土佐日記」にそのことが出てくる。

師走の二十一日、土佐での国司の任を終え、京へ向けて出立し、停泊中の大湊《おほみなと》で元日を迎える。その日のくだりに次のように記されている（平仮名ばかりでは読みにくいので漢字交じりで記します)。

今日《けふ》は都のみぞ思ひやらるる。小家《こへ》の門《かど》のしりくべ縄《なは》のなよしの頭《かしら》、柊《ひひらぎ》ら、いかにぞ、とぞ言ひ合へなる。

「しりくべ縄」はしめ縄のこと。その下の「なよし」がボラのこと。現代語に訳すと、「さすがに今日は都のことばかり思いやられる。庶民の家の門に飾られたしめ縄のボラのお頭《かしら》や柊はどんな様子だろう、とみんなも言い合っているようだ」。

現在のイワシは鬼(邪気)の嫌がる物を門口に置いて、その侵入を防ぐという意味合いがあるが、ボラをしめ縄に飾るのはどうもそうではないようだ。ボラはブリなどと同じく幼魚から大きくなるに従って呼び名が変わるいわゆる出世魚で、めでたい魚だとされている。よって神聖な場所を示すしめ縄とともに飾られたようだ(ここでの元日はもちろん旧暦の元日で、立春。現在の節分の次の日に当たる)。

ボラを漢字で書くと魚偏に留めるとなり、「神様に留まってほしい」という願いをこめて飾ったという説もある。「鬼は外、福は内」の「福は内」ですね。でも、ボラの正字は「鯔」で、「鰡」は国字。本来「サメ」を指していたものが「鯔との混同による誤用」(漢字源)でボラになったというから、これはあまり当てにならない。

節分の飾りのボラがいつからイワシになったのか。またなぜイワシになったのか。これも諸説があってはっきりしない。ただ江戸後期、幕命によって編纂された「古今要覧稿《ここんようらんこう》」（一八二一〜一八四二）という、今で言う百科事典のような書に次のような記述がある。

中むかしよりは鯔をいはしにかへ用ゐたりしは藤の爲家卿の歌にひゝらきにいはしをよみ合せ給へるによれは是も六百年前よりの事なり

（巻第七十一　時令部・節分）

藤原為家は11章にも登場したが、鎌倉前期から中期にかけての歌人で、父は定家。この記述が正しければ、当時からボラに代えてイワシが用いられるようになったことになる。

ちなみに、イワシの出てくる為家の歌とは「夫木《ふぼく》和歌抄」（一三一〇年頃成立）に収められた歌で、これも「古今要覧稿」に記されている。貞應《じょうおう》三年（一二二四年）作の次のような歌。

世中は數ならす共ひゝらきの色に出てもいはしとそ思ふ

この歌はどんなふうに解釈すればいいんだろう。「ひゝらきの色に出ても」が難しい。常緑のヒイラギのようにはっきりと色に出る、ということだろうか。「いはし」はたぶん「言はじ」に掛けられている。としたら、「世の中は取るに足りないものだと思うけれど、そんな思いが顔に出ても言わないでおこう」というような意になるが、さてどうだろう。歌意からして、直接節分には関係ないようにも思える。

節分のボラがイワシになったのは、この歌がきっかけになったのかもしれないが、庶民にはボラが高価であったので、安いイワシで代用したというのが本当のところではないかと推測される。

横道へずいぶんそれてしまったので、また元に戻します。

クリスマスの飾りに使われる緑の葉もヒイラギと呼ばれているが、これは正確にはセイヨウヒイラギのこと。葉の形も名前も似ているがまったく別種（ヒイラギはモクセイ科モクセイ属、セイヨウヒイラギはモチノキ科モチノキ属）。セイヨウヒイラギは赤い実がなるが、ヒイラギの実は暗紫色。

最後に葉の色が変わるもの。これは紅葉や黄葉。

9章で落葉の仕組みを書いたが、紅葉や黄葉もこの落葉の仕組みと関係している。

葉の中には葉緑素（クロロフィル）と呼ばれる光合成を行うために必要な色素（緑色）と、もうひとつその活動を補助するカロチノイドという黄色の色素が含まれている。カロチノイドは葉緑素に比べてはるかに少ないので（1/8程度とのこと）葉は普段は緑色に見えている。

葉緑素は常に分解・再生産されているが、秋になると休眠に備えて分解だけが行なわれるようになる。その結果、緑色が薄くなり、カロチノイドの黄色が目立ってくるようになる。これが黄葉の仕組みです（イチョウなど黄色の濃いものは、秋になり、新たにカロチノイドが生産されるとのこと）。

一方、紅葉は、葉緑素が減っていくのと並行してアントシアンという赤色の色素が葉の中で作られることによって起こる。具体的には、落葉の仕組みである〈離層〉が葉の基部にでき、そのため光合成によって作られたデンプンが枝の方に移動できなくなり葉の中にたまる。↓デンプンは分解されてブドウ糖になり、これと葉の中のタンパク質（アミノ酸）が反応してアントシアンが合成される、という流れ。ややこしいですねえ。まあ簡単に、黄葉は葉の中の葉緑素が減り元からある黄色の色素が目立つことによって起こる、紅葉は赤色の色素ができることによって起こる、と覚えておけばいいでしょう。

それぞれの仕組みは分かったものの、黄葉する木と紅葉する木に分かれるのはなぜか、という疑問が残る。その説明として、黄葉する木はアントシアニンを作るための遺伝子を持たないか、持っていても働かないようになっている、と書かれたものがあるが、はっきりと解明はされていないようです。
また、紅葉と黄葉がはっきり分かれるのではなく、ケヤキなどのように赤や黄、褐色などの色が混在しているものもあり、それらは葉の中の葉緑素（緑）やカロチノイド（黄）、アントシアン（赤）が複雑に絡み合い、そのようになるようです。

さて、詩歌ではどうか。
紅葉は、春は桜、秋は紅葉、と言われるように、古来、主要な詩歌の題材となっている。

奥山にもみぢふみわけなく鹿の声聞く時ぞ秋はかなしき　猿丸太夫
嵐吹く三室《みむろ》の山のもみぢばは龍田の川の錦なりけり　能因法師
山暮れて紅葉の朱を奪ひけり　与謝蕪村
障子しめて四方の紅葉を感じをり　星野立子
月までの提灯借るや紅葉宿　高野素十

短歌や俳句には多いけれど、近現代詩ではすぐに思い浮かばない。藤村や白秋にはありそうだと思い、手持ちの詩集で探したら、藤村に次のような詩が見つかった。

秋は来ぬ
　秋は来ぬ
くさきも紅葉するものを
たれかは秋に酔はざらむ
智恵あり顔のさみしさに
君笛を吹けわれはうたはん

（「秋のうた」最終連）

白秋の詩では、1章に挙げた「あかしやの金と赤とがちるぞえな」で始まる「片恋」も紅葉を歌った詩と言えなくもないが、どちらかといえば落葉に焦点を当てた詩だと言える。

藤村の詩も白秋の詩も、短歌や俳句に出てくるような紅葉を愛でたものとは言いがたい。やはり詩という形式では花鳥風月を素直に愛でるというのは難しいことであるのかもしれない。

あとがき

本書に収めた文章は、総題のとおり、詩歌に出てくる植物について述べたものである。こうした植物にまつわる文章を書く最初のきっかけとなったのは、四十年近くも前、ニセネムノキなる樹木が出てくる詩を読んだことだった。何だこりゃ？　こんな名前の木があるのかと疑問に思い、その正体を解き明かす文章を当時発行していた同人誌に書いた。それが本書第1章の「アカシアはアカシアか？」の元になっている。

大学の農学部を出て、某大規模公園に造園技師として就職したものの、植物にはほとんど興味がなかった。絵が好きだったので、将来はデザイン関係の仕事でもと思い、美大を受けたりしたが、見事に不合格。造園なら多少絵と関わりがあるかと思って受験した大学にかろうじて合格した。そんなわけであるから大学に入った当初はスギとヒノキの区別もつかないぐらいであった。それでも日々植物に接していると、いやでも詳しくなっていく。個々の植物についてだけでなく、その生理や生態的な事柄は特におもしろく思えるようになった。

季刊詩誌「びーぐる」の13号（二〇一一年十月）から連載を受け持つことになり、何を書こうか悩んでいたとき、昔書いたいくつかの植物エッセイのことを思い出した。植物についてならネタは豊富にある。連載も可能だと思い、「詩歌の植物」と題してはじめることにした。

そうしていざ書きはじめると、思いがけない発見がたびたびあった。植物に関する誤った記述が多くあるのにも気がついた。その原因を探り、源流へさかのぼっていくのはある種、推理小説の謎解きをするようなおもしろさがあった。

このおもしろさを読者にも共有してもらえたら、著者としてこれにまさるよろこびはない。

本文中の植物の開花時期については、南北に長い日本列島ゆえ、所によりかなりのずれがある。本書では東京・大阪などの平地での開花時期を標準とした。この点ご了解ください。

二〇一七年　早春　　　高階杞一

初出一覧

（元）は最初の発表誌。「びーぐる」に発表時、いずれも大幅に加筆修正を行っている。

1 「びーぐる」13号（二〇一一年十月）。（元）詩誌「青髭　VOL.3」（一九八〇年八月。原題「あかしやの金と赤とがちるぞえな」）
2 「びーぐる」16号（二〇一二年七月）。（元）同右（「あかしやの金と赤とがちるぞえな」）
3 「びーぐる」19号（二〇一三年四月）。（元）詩誌「スフィンクス考　VOL.1」（一九八四年五月。原題「まず、目を鍛えることから始めよう」）
4 「びーぐる」21号（二〇一三年十月）。
5 「びーぐる」23号（二〇一四年四月）。
6 「びーぐる」18号（二〇一三年一月）。
7 「びーぐる」24号（二〇一四年七月）。（元）詩誌「スフィンクス考　VOL.2」（一九八四年十月。原題「スイカはなんにも言わないけれど」）
8 「びーぐる」20号（二〇一三年七月）。
9 「びーぐる」25号（二〇一四年十月）。（元）7と同（「スイカはなんにも言わないけれど」）

10　「びーぐる」26号（二〇一五年一月）。
11　「びーぐる」28号（二〇一五年七月）。
12　「びーぐる」29号（二〇一五年十月）。
13　「びーぐる」27号（二〇一五年四月）。
14　「びーぐる」31号（二〇一六年四月）。
15　「びーぐる」32号（二〇一六年七月）。
16　「びーぐる」30号（二〇一六年一月）。（元）詩誌「スフィンクス考　VOL.3」（一九八五年五月。
　原題「オオバコタイプ」）
17　「びーぐる」33号（二〇一六年十月）。

収録図版一覧

図版提供者一覧（敬称略）

大阪府－15象鼻杯
末広秀一郎－2ブタクサ 4コウホネ 9サイカチ 10ヤブツバキ 11オオイヌノフグリ 14ショウブ 17カクレミノ
中根隆之－14屋根の上のイチハツ（3葉）

6は山響堂pro. 作図
3及び7、9（離層）の図版は著者下書、山響堂pro. 作図
その他の写真は使用フリーのものを使用

本書に貴重な図版を提供してくださった皆様には厚くお礼を申し上げます。

参考及び引用文献

1
『郷原宏詩集』（土曜美術社出版販売　新・日本現代詩文庫109）
『兎糞録《とふんろく》』和田垣謙三（至誠堂書店　一九一三年）
『日本の詩歌9・北原白秋』（中央公論社）
『からたちの花　北原白秋童謡集』（新潮文庫）

2
『ぱす』伊藤比呂美（思潮社）
『孤独な泳ぎ手』衣更着信（書肆季節社）
『辻征夫詩集』（思潮社　現代詩文庫78）

3
『現代詩手帖　一九七六年五月臨時増刊　富岡多恵子』（思潮社）
『花の色の謎』安田齊《ひとし》（東海大学出版会）

4
・ヴェルハーレン「Parabole」
――「PoemHunter.com—Emile Verhaeren」
http://www.poemhunter.com/
・シェークスピア「冬物語」
――「The Complete Works of William Shakespeare」
http://shakespeare.mit.edu/
・fleur-de-lis
――ウィキペディア「フルール・ド・リス」

5
『三好達治詩集』（村野四郎編　旺文社文庫）
『三好達治全集』（筑摩書房）
『ばら　品種と新しい栽培』藤岡友宏（保育社）
・「大手拓次小辞典」http://ww4.tiki.ne.jp/~toon/314.html

6
『萩原朔太郎詩集』（三好達治選　岩波文庫）
『萩原朔太郎全集』（筑摩書房）
『詩のふるさと前橋』野口武久（前橋市観光協会　一九七七年）

7
『山村暮鳥全詩集』（彌生書房）
『芥川龍之介全集　巻4』（筑摩書房）

『高見順全集　巻20』（勁草書房）

8

『立原道造詩集』（中村真一郎編　角川文庫）
『中原中也詩集』（河上徹太郎編　角川文庫）
『年表作家読本　中原中也』青木健編著（河出書房新社）
『中原中也全詩歌集（下）』（吉田凞生《ひろお》編　講談社文芸文庫）

9

『上田敏全訳詩集』（岩波文庫）
『日本の名詩』小海永二編（大和書房）
『カミングズ詩集』藤富保男訳編（思潮社　海外詩文庫8）

10

『日本の詩歌25　北川冬彦・安西冬衛・北園克衛・春山行夫・竹中郁』（中公文庫）
『三好達治全集』（筑摩書房）
『西脇順三郎全詩集』（筑摩書房）
『日本語の歴史』山口仲美（岩波新書）
『萬葉集　上巻』武田祐吉校註（角川文庫）
『古事記物語』太田善麿（現代教養文庫）
『時代別国語大辞典　上代編』上代語辞典編集委員会（三省堂）
『新訂　国語史要説』金田弘・宮腰賢（大日本図書）
『日本書紀　全現代語訳』宇治谷猛（講談社学術文庫）
・「日本植物誌」京都大学電子図書館 http://edb.kulib.kyoto-u.ac.jp/exhibit/index.html
・「神木ツバキとその語源について」木下武司 http://www2.odn.ne.jp/had26900/topics_&_items2/on-tsubaki.htm
・「草木名の話―ツバキの語源」和泉晃一 http://www.ctb.ne.jp/~imeirou/soumoku/s/tubaki.html
・「花の話」折口信夫（「青空文庫」）
・「古代史獺祭」（日本書紀原文） http://www004.upp.so-net.ne.jp/dassai1/shoki/frame/m00.htm
・『古事記（日本古典文学大系）』（岩波書店）倉野憲司・武田祐吉校注（古事記原文） http://www.seisaku.bz/kojiki_index.html

11

『三井葉子の世界―〈うた〉と永遠』齋籐愼爾編（深夜叢書社）

『さるすべり』三井葉子（深夜叢書社）

12

『日本の詩歌20　中野重治・小野十三郎・高橋新吉・山之口貘』（中公文庫）

『三好達治全集』（筑摩書房）

13

『日本詩人全集13　木下杢太郎・山村暮鳥・日夏耿之介』（新潮社）

『北原白秋歌集』（旺文社文庫）

『からたちの花　北原白秋童謡集』（新潮文庫）

14

『古今和歌集』窪田章一郎校注（角川文庫）

『萬葉集　下巻』武田祐吉校註（角川文庫）

『中原中也詩集』（河上徹太郎編　角川文庫）

「國文學　解釈と鑑賞」至文堂一九七五年三月号・小《お》高根《だかね》二郎「中也・静雄・達治の間」

『国民文庫18　太平記』（国民文庫刊行会）日本文学電子図書館

http://www.j-texts.com/sheet/thkm.html

・「子規記念博物館」http://sikihaku.lesp.co.jp/index.html

15

『杉山平一詩集』（土曜美術社　日本現代詩文庫16）

『啄木全集』第二巻（一九五三年　岩波書店　第二刷）

『掌の小説』川端康成（新潮文庫）

『萩原朔太郎詩集』（三好達治選　岩波文庫）

『蓮喰いびと』多田智満子（一九八〇年　林檎屋）

『花の神話学』多田智満子（一九八四年　白水社）

『蓮』阪本祐二（法政大学出版局）

16

『植物と人間』宮脇昭（ＮＨＫブックス）

『サプリメント事典』（日経ＢＰ社）

17

『思い出のかたち』若谷《わかや》和子（サンリオ山梨シルクセンター出版部）

『古今要覧稿』屋代弘賢《やしろひろかた》編（国書刊行会　明治三十八～四十年）

『藤村のうた』伊藤信吉編著（社会思想社）
・「門守りのサイト」石居進　http://www.h4.dion.ne.jp/~ishii/
・国立科学博物館・附属自然教育園　萩原信介〈「紅葉」・「黄葉」のしくみ〉http://www.kahaku.go.jp/userguide/hotnews/

◎全体に関わるもの

『俳句歳時記』（角川文庫）
『牧野日本植物図鑑（新訂学生版）』牧野富太郎（北隆館）
『樹木大図説』上原敬二（全四巻　有明書房）
『樹木ガイド・ブック』上原敬二（加島書店）
『人里の植物Ⅰ・Ⅱ』長田武正（保育社・カラー自然ガイド）
『水辺の植物』堀田満（保育社・カラー自然ガイド）
『万有百科大事典　19植物』（小学館）
『植物生理学大要』田口亮平（養賢堂）
『造園技術（13版）』関口鍈太郎編著（養賢堂）
・国立国会図書館デジタルコレクション
・インターネット図書館「青空文庫」http://www.aozora.gr.jp/
・「Webm旅　正岡子規　俳句」http://www.webmtabi.jp/200803/haiku/matsuyama_masaokashiki_index.html

ま行

や行

ら行

わ行

た行

な行

は行

さ行

植物名索引

あ行

か行

著者略歴

高階杞一（たかしな・きいち）

1951 年　大阪市生まれ。

1975 年　大阪府立大学農学部園芸農学科卒。

主な著作

詩集－『キリンの洗濯』（第 40 回Ｈ氏賞）『早く家《うち》へ帰りたい』『空への質問』（第 4 回三越左千夫少年詩賞）『雲の映る道』『いつか別れの日のために』（第 8 回三好達治賞）『千鶴さんの脚』（第 21 回丸山薫賞）『水の町』『高階杞一詩集』（ハルキ文庫）等

共編著『スポーツ詩集』（川崎洋・高階杞一・藤富保男）。

戯曲－「ムジナ」（第 1 回キャビン戯曲賞入賞）「雲雀の仕事」等

所属－日本現代詩人会、日本文藝家協会、日本音楽著作権協会（JASRAC）

詩歌の植物　アカシアはアカシアか？

二〇一七年五月二十日発行

著　者　高階杞一

発行者　松村信人

発行所　澪　標《みおつくし》

大阪市中央区内平野町二 - 三 - 十一 - 二〇三

ＴＥＬ　〇六 - 六九四四 - 〇八六九

ＦＡＸ　〇六 - 六九四四 - 〇六〇〇

振替　〇〇九七〇 - 三 - 七二五〇六

印刷製本　亜細亜印刷株式会社

ＤＴＰ　山響堂 pro.